芋虫

江戸川乱歩ベストセレクション ②

江戸川乱歩

角川ホラー文庫
15249

目次

芋虫

時子《ときこ》は、母屋《おもや》にいとまを告げて、もう薄暗くなった、雑草のしげるにまかせ、荒れ果てた広い庭を、彼女達夫婦の住家《すみか》である離れ座敷の方へ歩きながら、いまし方《がた》も、母屋の主人《あるじ》の予備少将《しょうしょう》から云《い》われた、いつもの極《きま》り切った褒《ほ》め言葉を、誠に変てこな気持で、彼女の一番嫌いな茄子の鴫焼《しぎやき》を、ぐにゃりと嚙《か》んだあとの味で、思出していた。

「須永中尉《すながちゅうい》（予備少将は、今でも、あの人間だか何だか分からない様な癈兵《はいへい》を、滑稽《こっけい》にも、昔のいかめしい肩書で呼ぶのである）の忠烈《ちゅうれつ》は、云うまでもなく我《わが》陸軍の誇りじゃが、それはもう世に知れ渡っておることだ。だが、お前さんの貞節《ていせつ》は、あの癈人を三年の年月《としつき》少しだって厭《いや》な顔を見せるではなく、自分の慾《よく》をすっかり捨ててしまって、親切に世話をしている。女房として当り前のことだと云ってしまえばそれまでじゃが、出来ないことだ。わしは、全《まった》く感心していますよ。今の世の美談《びだん》だと思っています。だが、まだまだ先の長い話じゃ。どうか気を変えないで面倒を見て上げて下さいよ」

鷲尾《わしお》老少将は、顔を合わせる度毎《たびごと》に、それを一寸《ちょっと》でも云わないでは気が済まぬという様に、極り切って、彼の昔の部下であった、そして今では彼の厄介者《やっかいもの》である所の、須永癈中尉とその妻を褒めちぎるのであった。時子は、それを聞くのが、今云った茄子の鴫焼の味だものだから、なるべく主人の老少将に逢わぬ様、留守を窺《うかが》っては、それでも終日物も云わぬ不具者と差向いでばかりいることも出来ぬので、奥さんや娘さんの所へ、話込みに行き行きするのであった。

尤《もっと》も、この褒め言葉も、最初の間は、彼女の犠牲的《ぎせいてき》精神、彼女の稀《まれ》なる貞節にふさわしく、云うに云われぬ誇らしい快感を以《もっ》て、時子の心臓を擽《くすぐ》ったのであるが、此頃《このごろ》では、それを以前の様に素直には受容《うけい》れ兼《か》ねた。というよりは、この褒め言葉が恐ろしくさえなっていた。それを云われる度に、彼女は「お前は貞節の美名に隠れて、世にも恐ろしい罪悪を犯しているのだ」と真向《まっこう》から、人差指を突きつけて、責められてでもいる様に、ゾッと恐ろしくなるのであった。

考えて見ると、我ながらこうも人間の気持が変るものかと思う程、ひどい変り方であった。初めの程は、世間知らずで、内気者で、文字通り貞節な妻でしかなかった彼女が、今では、外見はともあれ、心の内には、身の毛もよだつ情慾の鬼が巣を食って、哀れな片輪者（片輪者という言葉では不十分な程の無残な片輪者であった）の亭主を、——嘗《かつ》ては忠勇なる国家の干城《かんじょう》であった人物を、何か彼女の情慾を満たす丈《だ》けの為《ため》に、飼ってあるけだものででもある様に、或《あるい》は一種の道具ででもある様に、思いなす程に変り果てているのだ。このみだりがましき鬼奴《おにめ》は、全体どこから来たものであろう。あの黄色い肉の塊《かたまり》の、不可思議な魅力がさせる業《わざ》か（事実彼女の夫の須永癈中尉は、一かたまりの黄色い肉塊でしかなかった。そして、それは畸形な独楽《こま》の様に、彼女の情慾をそそるものでしかなかった）それとも、三十歳の彼女の肉体に満ちあふれた、えたいの知れぬ力のさせる業であったか。恐らくその両方であったのかも知れないのだが。

鷲尾老人から何か云われる度に、時子はこの頃めっきり脂切《あぶらぎ》って来た彼女の肉体なり、他人にも恐らく感じられるであろう彼女の体臭なりを、甚《はなは》だうしろめたく思わないではいられなかった。「私はまあ、どうしてこうも、まるで馬鹿か何ぞの様にでぶでぶと肥《こ》え太るのだろう」その癖《くせ》、顔色なんかいやに青ざめているのだけれど。老少将は、彼の例の褒め言葉を並べながら、いつもやや審《いぶか》しげに彼女のでぶでぶと脂ぎった身体《からだ》つきを眺めるのを常としたが、若《も》しかすると、時子が老少将をいとう最大の原因は、この点にあったのかも知れないのである。

片田舎《かたいなか》のことで、母屋と離座敷《はなれざしき》の間は、殆《ほとん》ど半町も隔《へだた》っていた。その間は道もないひどい草原《くさはら》で、ともすればがさがさと音を立てて青大将《あおだいしょう》が這出《はいだ》して来たり、少し足を踏み違えると、草に覆《おお》われた古井戸が危なかったりした。広い邸《やしき》のまわりには、形ばかりの不揃《ふぞろ》いな生垣《いけがき》がめぐらしてあって、その外《そと》は田や畑が打続き、遠くの八幡《はちまん》神社の森を背にして、彼女等の住家である二階建ての離れ家《や》が、そこに、黒く、ぽつんと立っていた。

空には一つ二つ星がまたたき始めていた。もう部屋の中は、真暗になっていることであろう。彼女がつけてやらねば、彼女の夫にはランプをつける力もないのだから、かの肉塊は、闇の中で、坐椅子《ざいす》に凭《もた》れて、或《あるい》は椅子からずっこけて、畳の上に転がりながら、目ばかりぱちぱち瞬《またた》いていることであろう。可哀相《かわいそう》に。それを考えると、いまわしさ、みじめさ、悲しさが、併《しか》しどこかに幾分センジュアルな感情を交えて、ゾッと彼女の背筋を襲うのであった。

近づくに従って、二階の窓の障子《しょうじ》が、何かを象徴している風で、ぽっかりと真黒な口を開《あ》いているのが見え、そこから、とんとんとんと、例の畳を叩《たた》く鈍い音が聞えて来た。「ああ、又やっている」と思うと、彼女はまぶたが熱くなる程、可哀相な気がした。それは不自由な彼女の夫が、仰向《あおむ》きに寝転がって、普通の人間が手を叩いて人を呼ぶ仕草《しぐさ》の代りに、頭でとんとんとんと畳を叩いて、彼の唯一《ゆいいつ》の伴侶《はんりょ》である時子を、せっかちに呼び立てていたのである。

「今行きますよ。おなかがすいたでしょう」

時子は、相手に聞えぬことは分っていても、いつもの癖で、そんなことを言いながら慌《あわ》てて台所口に駆《か》け込み、すぐそこの梯子段《はしごだん》を上《のぼ》って行った。

六畳一間の二階に、形ばかりの床の間《とこのま》がついていて、そこの隅《すみ》に台ランプと燐寸《マッチ》が置いてある。彼女は丁度母親が乳呑児《ちのみご》に云う調子で、絶えず「待遠《まちどお》だったでしょうね。すまなかったわね」だとか「今よ、今よ、そんなに云っても真暗でどうすることも出来やしないわ。今ランプをつけますからね。もう少しよ、もう少しよ」だとか、色々な独言《ひとりごと》を云いながら（と云うのは、彼女の夫は少しも耳が聞えなかったので）ランプをともして、それを部屋の一方の机のそばへ運ぶのであった。

その机の前には、メリンス友禅《ゆうぜん》の蒲団《ふとん》を括《くく》りつけた、新案特許何とか式坐椅子というものが置いてあったが、その上は空っぽで、そこからずっと離れた畳の上に、一種異様の物体が転がっていた。その物は、古びた大島銘仙《おおしまめいせん》の着物を着ているには相違ないのだが、それは、着ているというよりも包まれていると云った方が、或はそこに大島銘仙の大きな風《ふ》呂敷包《ろしきづつみ》が放り出してあると云った方が、当っている様なまことに変てこな感じのものであった。そして、その風呂敷包の隅から、にゅッと人間の首が突き出ていて、それが、米搗《こめつき》ばったみたいに、或は奇妙な自動器械の様に、とんとん、とんとん畳を叩いているのだ。叩くにしたがって、大きな風呂敷包全体が、反動で、少しずつ位置を変えているのだ。

「そんなに癇癪《かんしやく》起すもんじゃないわ、何ですのよ。これ？」

時子はそう云って、手で御飯をたべる真似《まね》をして見せた。

「そうでもないの。じゃ、これ？」

彼女はもう一つのある恰好《かつこう》をして見せた。併し、口の利《き》けない彼女の夫は、一々首を横に振って、又しても、やけにとんとんとんと畳に頭をぶッつけている。砲弾の破片の為に、顔全体が見る影もなく損われていた。左の耳たぶはまるでとれてしまって、小さな黒い穴が、僅《わず》かにその痕跡を残しているに過ぎず、同じく左の口辺《こうへん》から頬《ほお》の上を斜《ななめ》に目の下の所まで、縫《ぬ》い合わせた様な、大きなひッつりが出来ている。右の蟀谷《こめかみ》から頭部にかけて、醜い傷痕《きずあと》が這《は》い上《あが》っている。喉《のど》の所がぐいと抉《えぐ》った様に窪《くぼ》んで鼻も口も元の形を留《とど》めてはいない。そのまるでお化みたいな顔面の内で、僅かに完全なのは、周囲の醜さに引かえて、これぱかりは無心の子供のそれの様に、涼《すず》しくつぶらな両眼であったが、それが今、ぱちぱちといらだたしく瞬いているのだった。

「じゃ、話があるのね。待ってらっしゃいね」

彼女は机の抽斗《ひきだし》から雑記帳と鉛筆を取出し、鉛筆を片輪者のゆがんだ口にくわえさせ、その側《そば》へ開いた雑記帳を持って行った。彼女の夫は口を利くことも出来なければ、筆を持つ手足もなかったからである。

「オレガイヤニナッタカ」

癈人は、丁度大道の因果者がする様に、女房の差出す雑記帳の上に、口で文字を書いた。長い間かかって、非常に判《わか》り悪《にく》い片仮名《かたかな》を並べた。

「ほほほほほほ、又やいているのね。そうじゃない。そうじゃない」

彼女は笑いながら強く首を振って見せた。

だが癈人は、またせっかちに頭を畳にぶっつけ始めたので、時子は彼の意を察して、もう一度雑記帳を相手の口の所へ持って行った。すると、鉛筆がおぼつかなく動いて、

「ドコニイタ」

と記《しる》された。それを見るや否《いな》や、時子は、邪慳《じゃけん》に癈人の口から鉛筆を引たくって、帳面の余白へ「鷲尾サンノトコロ」と書いて、相手の目の先へ、押しつける様にした。

「分っているじゃないの。外《ほか》に行く所があるもんですか」

癈人は更《さら》に雑記帳を要求して、

「三ジカン」

と書いた。

「三時間も独りぼっちで待っていたと云うの。悪かったわね」彼女はそこで済まぬ様な表情になってお辞儀《じぎ》をして見せ「もう行かない。もう行かない」と云いながら手を振って見せた。

風呂敷包の様な須永癈中尉は、無論まだ云足《いいた》りぬ様子であったが、口書《くちがき》の芸当が面倒臭くなったと見えて、ぐったりと頭を動かさなくなった。その代りに、大きな両眼に、凡《あら》ゆる意味をこめて、まじまじと時子の顔を見つめているのだ。

時子は、こういう場合夫の機嫌をなおす唯一の方法を弁《わきま》えていた。言葉が通じないのだから、細《こまか》い云《い》い訳《わけ》をすることは出来なかったし、言葉の外《ほか》では最も雄弁に心中を語っている筈《はず》の、微妙な目の色などは、いくらか頭の鈍くなった夫には通用しなかった。そこで、いつもこうした奇妙な痴話《ちわ》喧嘩《げんか》の末には、お互《たがい》にもどかしくなってしまって、最も手っ取り早い和解の手段を採ることになっていた。

彼女はいきなり夫の上にかがみ込んで、歪《ゆが》んだ口の、ぬめぬめと光沢《つや》のある大きなひッつりの上に、接吻《せっぷん》の雨をそそぐのであった。すると、癈人の目にやっと安堵《あんど》の色が現われ、歪んだ口辺に、泣いているかと思われる醜い笑いが浮んだ。時子は、いつもの癖で、それを見ても、彼女の物狂わしい接吻をやめなかった。それは、一つには相手の醜さを忘れて、彼女自身を無理から甘い昂奮《こうふん》に誘う為でもあったけれど、又一つには、この全く起居《たちい》の自由を失った哀れな片輪者を、勝手気儘《きまま》にいじめつけてやり度《た》いという、不思議な気持も手伝っていた。

だが、癈人の方では、彼女の過分の好意に面喰《めんくら》って、息もつけぬ苦しさに、身をもだえ、醜い顔を不思議に歪めて、苦悶《くもん》している。それを見ると、時子は、いつもの通り、ある感情がうずうずと、身内に湧起《わきおこ》って来るのを感じるのだった。

彼女は狂気の様になって、……………………………………………………。……、……………………………………………………………………………。

この様な姿になって、どうして命をとり止めることが出来たかと、当時医界を騒がせ、新聞が未曾有《みぞう》の奇談として書き立てた通り、須永癈中尉の身体は、まるで手足のもげた人形みたいに、これ以上毀《こわ》れ様がない程、無残に、不気味に傷《きず》つけられていた。両手両足は、殆ど根元から切断され、僅かにふくれ上った肉塊となって、その痕跡を留めているに過ぎないし、その胴体ばかりの化物の様な全身にも、顔面を始めとして大小無数の傷痕が光っているのだ。

まことに無残なことであったが、彼の身体は、そんなになっても、不思議と栄養がよく、片輪なりに健康を保っていた。（鷲尾老少将は、それを時子の親身の介抱《かいほう》の功に帰《き》して、例の褒め言葉の内にも、その事を加えるのを忘れなかった）外《ほか》に楽しみとてはなく、食慾の烈《はげ》しいせいか、腹部が艶々《つやつや》とはち切れ相《そう》にふくれ上って、胴体ばかりの全身の内でも殊《こと》にその部分が目立っていた。

それはまるで、大きな黄色の芋虫《いもむし》であった。或いは時子がいつも心の中で形容していたように、いとも奇《く》しき、畸形な肉独楽《にくごま》であった。それはある場合には、手足の名残《なごり》の四つの肉のかたまりを（それらの尖端《せんたん》には、丁度手提袋《てさげぶくろ》の口の様に、四方から表皮が引締められて、深い皺《しわ》を作り、その中心にぽッつりと、不気味な小さい窪みが出来ているのだが）その肉の突起物を、まるで芋虫の足の様に、異様に震わせて、臀部《でんぶ》を中心にして頭と肩とで、本当に独楽と同じに、畳の上をくるくると廻《まわ》るのであったから。

今、時子の為に裸体《はだか》に剝《む》かれた癈人は、それには別段抵抗するではなく、何事かを予期しているものの様に、じっと上目使いに、彼の頭の所にうずくまっている時子の、餌物《えもの》を狙うけだものの様な、異様に細められた眼と、やや堅くなったきめのこまかい二重顎《ふたえあご》を、眺めていた。

時子は、片輪者のその眼つきの意味を読むことが出来た。それは今の様な場合には、彼女がもう一歩進めばなくなってしまうものであったが、例えば彼女が彼の側で針仕事をしていると、片輪者が所在なさに、じっと一つ空間を見つめている様な時、この眼色《めいろ》は一層深味《ふかみ》を加えて、ある苦悶を現わすのであった。

視覚と触覚の外の五官を悉《ことごと》く失ってしまった癈人は、生来読書慾など持合わせなかった猪武者《いのししむしゃ》であったが、それが衝戟《しょうげき》の為に頭が鈍くなってからは、一層文字と絶縁してしまって、今はただ、動物と同様に物質的な慾望の外には何の慰《なぐさ》む所もない身の上であった。だが、そのまるで暗黒地獄の様などろどろの生活の内にも、ふと、常人であった頃教え込まれた軍隊式な倫理観《りんりかん》が、彼の鈍い頭をもかすめ通る事があって、それと片輪者であるが故《ゆえ》に一層敏感になった情慾とが、彼の心中で闘い、彼の目に不思議な苦悶の影を宿すものに相違ない。時子はそんな風に解釈していた。

時子は、無力な者の目に浮ぶ、おどおどした苦悶の表情を見ることは、そんなに嫌いではなかった。彼女は一方ではひどい泣き虫の癖に、妙に弱い者いじめの嗜好《しこう》を持っていたのだ。それに、この哀れな片輪者の苦悶は、彼女の飽《あ》くことのない刺戟物《しげきぶつ》でさえあった。今も彼女は相手の心持を劬《いた》わるどころではなく、反対に、のしかかる様に、異常に敏感になっている不具者の情慾に迫って行くのであった。

×　　×　　×　　×　　×

得体《えたい》の知れぬ悪夢にうなされて、ひどい叫び声を立てたかと思うと、時子はびっしょり寝汗をかいて目を覚ました。

枕元のランプの火屋《ほや》に妙な形の油煙《ゆえん》がたまって、細めた芯《しん》がじじ……と鳴いていた。部屋の中が天井も壁も変に橙色《だいだいいろ》に霞《かす》んで見え、隣に寝ている夫の顔が、ひッつりの所が灯影《ほかげ》に反射して、やっぱり橙色にてらてらと光っている。今の唸《うな》り声が聞えた筈もないのだけれど、彼の両眼はぱっちりと開いて、じっと天井を見つめていた。机の上の枕時計を見ると一時を少し過ぎていた。

恐らくそれが悪夢の原因をなしたのであろうけれど、時子は目が覚めるとすぐ、身体にある不快を覚えたが、やや寝ぼけた形で、その不快をはっきり感じる前に、何だか変だとは思いながら、ふと、別の事を、……………………………、幻の様に目に浮べていた。そこには、きりきりと廻る、生きた独楽の様な肉塊があった。そして、肥え太った、脂ぎった三十女の不様《ぶざま》な身体があった。それがまるで地獄の絵みたいにもつれ合っているのだ。何というい まわしさ、醜さであろう。だが、そのいまわしさ、醜さが、どんな外の対象よりも、麻薬の様に彼女の情慾をそそり、彼女の神経をしびれさせる力をもっていようとは、三十年の半生を通じて、彼女の嘗《かつ》て想像だもしなかった所である。

「あああああああ」

時子はじっと彼女の胸を抱きしめながら、咏嘆《ためいき》ともうめきともつかぬ声を立てて、毀れかかった人形の様な、夫の寝姿を眺めるのであった。

この時、彼女は初めて、目覚めてからの肉体的な不快の原因を悟《さと》った。そして「いつもとは少し早過ぎる様だ」と思いながら、床《とこ》を出て、梯子段を降りて行った。

再び床に這入《はい》って、夫の顔を眺めると、彼は依然《いぜん》として、彼女の方をふり向きもしないで、天井を見入っているのだ。

「又考えて居るのだわ」

眼の外《ほか》には、何の意志を発表する器官をも持たない一人の人間が、じっと一つ所を見据《みす》えている様子は、こんな真夜半《まよなか》などには、ふと彼女に不気味な感じを与えた。どうせ鈍くなった頭だとは思いながらも、この様な極端な不具者の頭の中には、彼女達とは違った、もっと別の世界が開けて来ているのかも知れない。彼は今その別世界を、ああしてさまよっているのかも知れない。などと考えると、ぞッとした。

彼女は目が冴えて眠れなかった。頭の芯に、どどどどと音を立てて、焔《ほのお》が渦《うず》まいている様な感じがしていた。そして、無闇《むやみ》と、色々な妄想が浮んでは消えた。その中には、彼女の生活をこの様に一変させてしまった所の三年以前の出来事が織混《おりま》ぜられていた。

夫が負傷して内地に送り還されるという報知を受取った時には、先ず戦死でなくてよかったと思った。その頃はまだつき合っていた、同僚の奥様達から、あなたは御仕合《おしあわ》せだと羨《うらや》まれさえした。間もなく新聞に、夫の華々しい戦功が書き立てられた。同時に、彼の負傷の程度が可成《かなり》甚しいものであることを知ったけれど、無論これ程のこととは想像もしていなかった。

彼女は衛戍病院へ、夫に逢いに行った時のことを、恐らく一生涯忘れないであろう。真白なシーツの中から、無残に傷ついた夫の顔が、ぼんやりと彼女の方を眺めていた。医員の難《むつか》しい術語の混った言葉で、負傷の為に、耳が聞えなくなり、発声機能に妙な故障を生じて、口さえ利けなくなっていると聞かされた時、已《すで》に彼女は目を真赤にして、しきりに鼻をかんでいた。そのあとにどんな恐ろしいものが待構えていたかも知らないで。

いかめしい医員であったが、流石《さすが》に気の毒そうな顔をして「驚いてはいけませんよ」と云いながら、そっと白いシーツをまくって見せてくれた。そこには、悪夢の中のお化みたいに、手のあるべき所に手が、足のあるべき所に足が、全く見えないで、繃帯《ほうたい》の為に丸くなった胴体ばかりが不気味に横《よこた》わっていた。それはまるで生命のない石膏《せっこう》細工の胸像をベッドに横えた感じであった。

彼女はくらくらっと、目まいの様なものを感じて、ベッドの脚の所へ蹲《うずく》まってしまった。本当に悲しくなって、人目も構わず、声を上げて泣き出したのは、医員や看護婦に別室へ連れて来られてからであった。彼女はそこの薄汚れたテーブルの上に、長い間泣き伏していた。

「本当に奇蹟ですよ。両手両足を失った負傷者は須永中尉ばかりではありませんが、皆《みな》生命を取りとめることは出来なんだのです。実に奇蹟です。これは全く軍医正殿と北村《きたむら》博士の驚くべき技術の結果なのですよ、恐らくどの国の衛戍病院にも、こんな実例はありますまいよ」

医員は、泣き伏した時子の耳元で、慰める様に、そんなことを云っていた。「奇蹟」という喜んでいいのか悲しんでいいのか分らない言葉が、幾度も幾度も繰返《くりかえ》された。新聞紙が須永鬼中尉の赫々《かくかく》たる武勲《ぶくん》は勿論《もちろん》、この外科医術上の奇蹟的事実について、書き立てたことは云うまでもなかった。

夢の間《ま》に半年ばかり過去《すぎさ》ってしまった。上官や同僚の軍人達がつき添って、須永の生きたむくろが家《うち》に運ばれると、殆ど同時位に彼の四肢の代償《だいしょう》として、…………………………………………。時子が不具者の介抱に涙を流している時、世の中は凱旋祝《がいせんいわい》で大騒ぎをやっていた。彼女の所へも、親戚《しんせき》や知人や町内の人々から、名誉、名誉という言葉が、雨の様に降込《ふりこ》んで来た。

間もなく、僅かの年金では暮しのおぼつかなかった彼女達は、戦地での上長官であった鷲尾少将の好意にあまえて、その邸内の離座敷を無償で貸して貰《もら》って住むことになった。田舎に引込んだせいもあったけれど、その頃から彼女達の生活はガラリと淋《さび》しいものになってしまった。凱旋騒ぎの熱がさめて世間も淋しくなっていた。もう誰も以前の様には彼女達を見舞わなくなった。……………………、…………、………………………、…………………………、…………………………、…………、……………………

…………………………。

夫の親戚達も、不具者を気味悪がってか、物質的な援助を恐れてか、殆ど彼女の家に足踏みしなくなった。彼女の側《がわ》にも、両親はなく、兄妹達は皆薄情者《はくじょうもの》であった。哀れな不具者とその貞節な妻は、世間から切り離された様に、田舎の一軒家でポッツリと生存していた。そこの二階の六畳は、二人にとって唯一の世界であった。しかも、その一人は耳も聞えず、口も利けず、起居《たちい》も全く不自由な土人形の様な人間であったのだ。

癈人は、別世界の人類が、突然この世に放り出された様に、まるで違ってしまった生活様式に面喰っているらしく、健康を恢復《かいふく》してからでも、暫くの間は、ボンヤリしたまま身動きもせず仰臥《ぎょうが》していた。そして、時を構わず、ウトウトと睡《ねむ》っていた。

時子の思いつきで、鉛筆の口書きによる会話を取交《とりかわ》す様になった時、先ず第一に癈人がそこに書いた言葉は「シンブン」「クンショウ」の二つであった。「シンブン」というのは、彼の武勲を大きく書立てた戦争当時の新聞記事の切抜きのことで、「クンショウ」というのは云うまでもなく例の金鵄勲章のことであった。彼が意識を取戻した時、鷲尾少将が第一番に彼の目の先につきつけたものはその二品《ふたしな》であったが、癈人はそれを覚えていたのだ。

癈人はそれからも度々同じ言葉を書いて、その二品を要求し、時子がそれらを彼の前で持っていてやると、いつまでもいつまでも、眺めつくしていた。彼が新聞記事を繰返し読む時などは、時子は手のしびれて来るのを我慢しながら、何だか馬鹿馬鹿しい様な気持で、夫のさも満足そうな眼つきを眺めていた。

だが、彼女が「名誉」を軽蔑《けいべつ》し始めたよりは随分遅れてではあったけれど、癈人も亦《また》「名誉」に飽き飽きしてしまった様に見えた。彼はもう以前みたいに、かの二品を要求しなくなった。そして、あとに残ったものは、不具者なるが故に病的に烈しい、肉体上の慾望ばかりであった。彼は恢復期の胃腸病患者みたいに、ガツガツと食物を要求し、時を選ばず……要求した。時子がそれに応じない時には、彼は偉大なる肉独楽となって気違いの様に畳の上を這い廻った。

時子は最初の間、それが何だか空恐ろしく、いとわしかったが、やがて、月日がたつに従って、彼女も亦、徐々に……と化して行った。野中の一軒家にとじ籠《こ》められ、行末《ゆくすえ》に何の望みも失った、殆ど無智と云ってもよかった二人の男女にとっては、それが生活の凡てであった。動物園の檻《おり》の中で一生を暮らす、二匹のけだものの様に。

そんな風であったから、時子が彼女の夫を、彼女の思うがままに、自由自在に弄《もてあそ》ぶ事の出来る、一個の大きな玩具《がんぐ》と見做《みな》すに至ったのは、誠に当然であった。又、不具者の恥知らずな行為に感化された彼女が、常人に比べてさえ丈夫《じょうぶ》丈夫していた彼女が、今では不具者を困らせる程も、飽くなきものとなり果てたのも、至極《しごく》当り前のことであった。

彼女は時々気狂いになるのではないかと思った。…………、………

………………………、………………、………

物も云えないし、こちらの言葉も聞えない、自分では自由に動くことさえ出来ない、この奇《く》しく哀れな一個の道具が、決して木や土で出来たものではなく、喜怒哀楽《きどあいらく》を持った生きものであるという点が、限りなき魅力となった。その上、たった一つの表情器官であるつぶらな両眼が、或時《あるとき》はさも悲しげに、或時はさも腹立たしげに物を云う。しかもいくら悲しくとも、涙を流す外には、それを拭《ぬぐ》うすべもなく、いくら腹立たしくとも、彼女を威嚇《いかく》する腕力もなく、遂には彼女の圧倒的な誘惑に耐え兼ねて、彼も亦異常な病的昂奮に陥ってしまうのだが、この全く無力な生きものを、相手の意にさからって責めさいなむことが、彼女にとっては、もう此上もない愉悦とさえなっていたのである。

×　　×　　×　　×　　×

時子のふさいだまぶたの中には、それらの三年間の出来事が、その激情的な場面丈けが、切れ切れに、次から次と、二重にも三重にもなって、現われては消えて行くのだった。この切れ切れの記憶が、非常な鮮かさで、まぶたの内側に活動写真の様に現われたり消えたりするのは、彼女の身体に異状がある毎《ごと》に、必ず起る所の現象であった。そして、この現象が起る時には、きっと、彼女の野性が一層あらあらしくなり、気の毒な不具者を責めさいなむことが一層烈しくなるのを常とした。彼女自身それを意識さえしているのだけれど、身内に湧上る凶暴な力は、彼女の意志を以てしては、どうすることも出来ないのである。

ふと気がつくと、部屋の中が、丁度彼女の幻と同じに、もやに包まれた様に暗くなって行く感じがした。幻の外《そと》にもう一重《ひとえ》幻があって、その外の方の幻が今消えて行こうとしている様な気持であった。それが神経のたかぶった彼女を怖がらせ、ハッと胸の鼓動が烈しくなった。だが、よく考えて見ると何でもないことだった。彼女は蒲団から乗出して、枕《まくら》下《もと》のランプの芯をひねった。それは細めて置いた芯が尽きて、燈火《ともしび》が消えかかっていたのである。

部屋の中がパッと明るくなった。だがそれがやっぱり橙色にかすんでいるのが、少しばかり変な感じであった。時子はその光線で、思出した様に夫の寝顔を覗《のぞ》いて見た。彼は依然として、少しも形を変えないで、天井の同じ所を見つめている。

「マア、いつまで考えごとをしているのだろう」彼女はいくらか、不気味でもあったが、それよりも、見る影もない片輪者のくせに、独りで仔細《しさい》らしく物思《ものおもい》に耽《ふけ》っている様子が、ひどく憎々《にくにく》しく思われた。そして、又しても、ムズ痒《がゆ》く、例の残虐性が彼女の身内に湧起って来るのだった。

彼女は、非常に突然、夫の蒲団の上に飛びかかって行った。そしていきなり、相手の肩を抱いて、烈しくゆすぶり始めた。

余りにそれが唐突《とうとつ》であったものだから、癈人は身体全体で、ビクンと驚いた。そして、その次には、強い叱責《しっせき》のまなざしで、彼女を睨《にら》みつけるのであった。

「怒ったの？　何だい、その目」

時子はそんなことを呶鳴《どな》りながら、……………………、……………………。

「怒ったって駄目《だめ》よ。あんたは、私の思うままなんだもの」

だが、……………………、その時に限って癈人はいつもの様に、彼の方から妥協《だきよう》して来る様子はなかった。さっきから、じっと天井を見つめて考えていたことがそれであったのか、又は単に女房のえて勝手な振舞が癇《かん》に触ったのか、いつまでもいつまでも、大きな目を飛び出すばかりにいからして、刺す様に時子の顔を見据えていた。

「何だい、こんな目」

彼女は叫びながら、両手を、相手の目に当てがった。そして、「なんだい」「なんだい」と気違いみたいに叫び続けた。……………………。

ハッと夢から醒めた様に、気がつくと、彼女の下で、癈人が躍《おど》り狂っていた。胴体丈けとは云え、非常な力で、死にもの狂いに躍るものだから、重い彼女がはねとばされた程であった。不思議なことには、癈人の両眼から真赤な血が吹き出して、ひっつりの顔全体が、ゆでだこみたいに上気していた。

「……、…………………………」

時子はその時、凡てのことをハッキリ意識した。彼女は無残にも、彼女の夫のたった一つ残っていた、外界との窓を、夢中に傷つけてしまったのである。

だが、それは決して夢中の過失とは云い切れなんだ。彼女自身それを知っていた。一番ハッキリしているのは、彼女は夫の物云う両眼を、彼等が安易なけものになり切るのに、甚しく邪魔《じやま》っけだと感じていたことだ。時たまそこに浮び上って来る正義の観念とも云うべきものを、憎々しく感じていたことだ。のみならず、その眼の内には、憎々しく邪魔っけであるばかりでなく、もっと別なもの、もっと不気味で恐ろしい何物かさえ感じられたのである。

併し、それは嘘《うそ》だ。彼女の心の奥の奥には、もっと違った、もっと恐ろしい考えが存在していなかったであろうか。彼女は、彼女の夫を本当の生きた屍《しかばね》にしてしまいたかったのではないか。完全な肉独楽に化してしまいたかったのではないか。胴体丈けの触覚の外《ほか》には、五官を全く失った一個の生きものにしてしまいたかったのではないか。そして、彼女の飽くなき残虐性を、真底から満足させたかったのではないか。不具者の全身の内で、目丈けが僅かに人間のおもかげを留めていた。それが残っていては、何かしら完全でない様な気がしたのだ。本当の彼女の肉独楽ではない様な気がしたのだ。

この様な考えが、一秒間に、時子の頭の中を通り過ぎた。彼女は「ギャッ」という様な叫声《さけびごえ》を立てたかと思うと、躍り狂っている肉塊をそのままにして、転がる様に階段を駈けおり、跣足《はだし》のままで暗闇の外《そと》へ走り出した。彼女は悪夢の中で恐ろしいものに追駈《おいか》けられてでもいる感じで、夢中に走りつづけた。裏門を出て、村道を右手へ、でも、行先が三町程隔たった医者の家であることは意識していた。

×　×　×　×　×

頼みに頼んで、やっと医者を引ぱって来た時にも、肉塊はさっきと同じ烈しさで躍り狂っていた。村の医者は、噂《うわさ》には聞いていたけれど、まだ実物を見たことがなかったので、片輪者の不気味さに胆《きも》をつぶしてしまって、時子が物のはずみでこんな椿事《ちんじ》を惹起《ひきおこ》した旨《むね》を、くどくど弁解するのも、よくは耳に入らぬ様子であった。彼は痛み止めの注射と、傷の手当てをしてしまうと、大急ぎで帰って行った。

負傷者がやっと藻掻《もが》きやんだ頃、しらじらと夜があけた。

時子は負傷者の胸をさすってやりながら、ボロボロと涙をこぼし、「すみません」「すみません」と云い続けていた。肉塊は負傷の為に発熱したらしく、顔が赤くはれ上って、胸は烈しく鼓動していた。

時子は終日病人のそばを離れなかった。食事さえしなかった。そして、病人の頭と胸に当てた濡《ぬれ》タオルを、ひっきりなしに絞《しぼ》り換えたり、気違いめいた長たらしい詫《わ》び言《ごと》をつぶやいて見たり、病人の胸に指先で「ユルシテ」と幾度も幾度も書いて見たり、悲しさと罪の意識に、時間のたつのを忘れてしまっていた。

×　　×　　×　　×　　×

夕方になって、病人はいくらか熱もひき、息づかいも楽になった。時子は、病人の意識がもう常態に復したに相違ないと思ったので、改めて、彼の胸の皮膚《ひふ》の上に、一字一字ハッキリと「ユルシテ」と書いて、反応を見た。だが、肉塊は何の返事もしなかった。眼を失ったとは云え、首を振るとか、笑顔を作るとか、何かの方法で彼女の文字に答えられぬ筈はなかったのに、肉塊は身動きもせず、表情も変えないのだ。息づかいの様子では睡っているとも考えられなんだが、皮膚に書いた文字を理解する力さえ失ったのか、それとも憤怒《ふんぬ》の余り沈黙を続けているのか、まるで分らない。それは今や、一個のふわふわした、暖い物質でしかなかったのだ。

時子は、その何とも形容の出来ぬ、静止の肉塊を見つめている内に、生れて嘗つて経験したことのない、真底からの恐ろしさに、ワナワナと震え出さないではいられなかった。

そこに横わっているものは一個の生きものに相違なかった。彼は肺臓も胃袋も持っているのだ。それだのに、彼は物を見ることが出来ない。音を聞くことが出来ない。一言も口が利けない。何かを摑《つか》むべき手もなく、立上るべき足もない。彼にとっては、この世界は永遠の静止であり、不断の沈黙であり、果てしなき暗闇である。嘗つて何人《なんぴと》がかかる恐怖の世界を想像し得たであろう。そこに住む者の心持は何に比べることが出来るだろう。彼は定めし「助けてくれエー」と声を限りに呼ばわり度いであろう。どんな薄明りでも構わぬ、物の姿を見たいであろう。どんな幽かな音でも構わぬ、物の響きを聞き度いであろう。何物かに縋《すが》り、何物かをひしと摑みたいであろう。だが、彼にはそのどれもが、全く不可能なのである。地獄だ。地獄だ。

時子は、いきなりワッと声を立てて泣き出した。そして、取返しのつかぬ罪業《ざいごう》と、救われぬ悲愁《ひしゅう》に、子供の様にすすり上げながら、ただ人が見たくて、世の常の姿を備えた人間が見たくて、哀れな夫を置去りに、母屋の鷲尾家へ駆けつけたのであった。

烈しい嗚咽《おえつ》の為に聞取りにくい、長々しい彼女の懺悔《ざんげ》を、黙って聞終った鷲尾老少将は、余りのことに暫くは言葉も出なかったが、

「兎《と》も角《かく》、須永中尉を御見舞いしよう」

やがて彼は憮然《ぶぜん》として云った。

もう夜《よ》に入《い》っていたので、老人の為に提灯《ちょうちん》が用意された。二人は、暗闇の草原を、各々《おのおの》の物思いに沈みながら、黙り返って離れ座敷へたどった。

「誰もいないよ。どうしたのじゃ」

先になってそこの二階に上って行った老人が、びっくりして云った。

「イイエ、その床《とこ》の中でございますの」

時子は、老人を追越して、さっきまで夫の横わっていた蒲団の所へ行って見た。だが、

実に変てこなことが起ったのだ。そこはもぬけの空《から》になっていた。

「マア……」

と云った切り、彼女は茫然《ぼうぜん》と立ちつくしていた。

「あの不自由な身体で、まさかこの家《うち》を出ることは出来まい。家の中を探して見なくては」

やっとしてから、老少将が促《うなが》す様に云った。二人は階上階下を隈《くま》なく探し廻った。だが、不具者の影はどこにも見えなかったばかりか、却《かえ》ってその代りに、ある恐ろしいものが発見されたのだ。

「まア、これ何でございましょう」

時子は、さっきまで不具者の寝ていた枕下の所の柱を見つめて云った。

そこには鉛筆で、余程《よほど》考えないでは読めぬ様な、子供のいたずら書きみたいなものが、おぼつかなげに記されていた。

「ユルス」

時子はそれを「許す」と読み得た時、ハッと凡ての事情が分ってしまった様に思った。不具者は、動かぬ身体を引ずって、机の上の鉛筆を口で探して、彼にしてはそれがどれ程の苦心であったか、僅かに片仮名三字の書置きを残すことが出来たのである。

「自殺をしたのかも知れませんわ」

彼女はオドオドと老人の顔を眺めて、色を失った唇を震わせながら云った。

鷲尾家に急が報ぜられ、召使達が手に手に提灯を持って、母屋と離座敷の間の雑草の庭に集った。

そして、手分けをして、庭内のあちこちと、闇夜の捜索が始められた。

時子は鷲尾老人のあとについて、彼の振りかざす提灯の、淡い光をたよりに、ひどい胸騒ぎを感じながら歩いていた。あの柱には「許す」と書いてあった。あれは彼女が先に不具者の胸に「ユルシテ」と書いた言葉の返事に相違ない。彼は「私は死ぬ。けれど、お前の行為に立腹してではないのだよ。安心おし」と云っているのだ。

この寛大さが一層彼女の胸を痛くした。彼女は、あの手足のない不具者が、まともに降りることは出来ないで、全身で梯子段を一段一段転がり落ちなければならなかったことを思うと、悲しさと怖さに、総毛立《そうげだ》つ様《よう》であった。

暫く歩いている内に、彼女はふとある事に思い当った。そして、ソッと老人に囁《ささや》いた。

「この少し先に、古井戸がございましたわね」

「ウン」

老将軍はただ肯《うなず》いたばかりで、その方へ進んで行った。

提灯の光は、空漠《くうばく》たる闇の中を、方一間《ほういっけん》程薄ぼんやりと明るくするに過ぎなかった。

「古井戸はこの辺にあったが」

鷲尾老人は独言を云いながら、提灯を振りかざし、出来る丈け遠くの方を見極《みきわ》めようとした。

その時、時子はふと何かの予感に襲われて、立止った。耳をすますと、どこやらで、蛇が草を分けて走っている様な、幽かな音がしていた。

彼女も老人も、殆ど同時にそれを見た。そして、彼女は勿論、老将軍さえもが、余りの恐ろしさに、釘づけにされた様に、そこに立ちすくんでしまった。

提灯の火のやっと届くか届かぬかの、薄くらがりに、生い茂げる雑草の間を、真黒な一物《ぶつ》が、のろのろと蠢いていた。その物は、不気味な爬虫類《はちゆうるい》の格好で、かま首をもたげてじっと前方を窺い、押し黙って、胴体を波の様にうねらせ、胴体の四隅《よすみ》についた瘤《こぶ》みたいな突起物で、もがく様に地面を掻《か》きながら、極度にあせっているのだけれど、気持ばかりで身体が云うことを聞かぬといった感じで、ジリリジリリと前進していた。

やがて、もたげていた鎌首《かまくび》が、突然ガクンと下って、眼界から消えた。今迄よりはやや烈しい葉擦《はず》れの音がしたかと思うと身体全体が、さかとんぼを打って、ズルズルと地面の中へ、引ずられる様に、見えなくなってしまった。そして、遥《はる》かの地の底から、トボンと、鈍い水音が聞えて来た。

そこに、草に隠れて、古井戸の口が開いていたのである。

二人はそれを見届けても、急にはそこへ駈け寄る元気もなく、放心した様に、いつまでもいつまでも立ちつくしていた。

誠に変なことだけれど、その慌《あわただ》しい刹那《せつな》に、時子は、闇夜に一匹の芋虫が、何かの木の枯枝を這っていて、枝の先端の所へ来ると、不自由な我身の重味で、ポトリと、下の真黒な空間へ、底知れず落ちて行く光景を、ふと幻に描いていた。

指

患者は手術の麻酔から醒《さ》めて私の顔を見た。

右手に厚ぼったく繃帯《ほうたい》が巻いてあったが、手首を切断されていることは、少しも知らない。

彼は名のあるピアニストだから、右手首がなくなったことは致命傷《ちめいしょう》であった。犯人は彼の名声をねたむ同業者かもしれない。

彼は闇夜の道路で、行きずりの人に、鋭い刃物で右手首関節の上部から斬り落とされて、気を失ったのだ。

幸い私の病院の近くでの出来事だったので、彼は失神したまま、この病院に運びこまれ、私はできるだけの手当てをした。

「あ、君が世話をしてくれたのか。ありがとう……酔っぱらってね、暗い通りで、誰かわからないやつにやられた……右手だね。指は大丈夫だろうか」

「大丈夫だよ。腕をちょっとやられたが、なに、じきに治るよ」

私は親友を落胆《らくたん》させるに忍びず、もう少しよくなるまで、彼のピアニストとしての生涯が終わったことを、伏せておこうとした。

「指もかい。指も元の通り動くかい」

「大丈夫だよ」

私は逃げ出すように、ベッドをはなれて病室を出た。付添《つきそ》いの看護婦にも、今しばらく、手首がなくなったことは知らせないように、固くいつけておいた。

それから二時間ほどして、私は彼の病室を見舞った。患者はやや元気をとり戻していた。しかし、まだ自分の右手をあらためる力はない。手首のなくなったことは知らないでいる。

「痛むかい」

私は彼の上に顔を出して訊《たず》ねてみた。

「うん、よほど楽になった」

彼はそういって、私の顔をじっと見た。そして、毛布の上に出していた左手の指を、ピアノを弾《ひ》く恰好《かっこう》で動かしはじめた。

「いいだろうか、右手の指を少し動かしても……新しい作曲をしたのでね、そいつを毎日一度やってみないと気がすまないんだ」

私はハッとしたが、咄嗟《とっさ》に思いついて、患部を動かさないためと見せかけながら、彼の上膊《じょうはく》の尺骨神経の個所を、指で圧《お》さえた。そこを圧迫すると、指がなくても、あるような感覚を、脳中枢《のうちゅうすう》に伝えることができるからだ。

彼は毛布の上の左手の指を、気持よさそうに、しきりに動かしていたが、

「ああ、右の指は大丈夫だね。よく動くよ」

と、呟《つぶや》きながら、夢中になって、架空の曲を弾きつづけた。

私は見るにたえなかった。看護婦に、患者の右腕の尺骨神経を圧さえているように、目顔でさしずしておいて、足音を盗んで病室を出た。

そして手術室の前を通りかかると、一人の看護婦が、その部屋の壁にとりつけた棚を見つめて、突っ立っているのが見えた。

彼女の様子は普通ではなかった。顔は青ざめ、眼は異様に大きくひらいて、棚にのせてある何かを凝視していた。

私は思わず手術室にはいって、その棚を見た。そこには彼の手首をアルコール漬《づ》けにした大きなガラス瓶《びん》が置いてあった。

一目それを見ると、私は身動きができなくなった。

瓶のアルコールの中で、彼の手首が、いや、彼の五本の指が、白い蟹《かに》の脚のように動いていた。

ピアノのキイを叩く調子で、しかし、実際の動きよりもずっと小さく、幼児のように、たよりなげに、しきりと動いていた。

火星の運河

又あすこへ来たなという、寒い様な魅力が私を戦《おのの》かせた。にぶ色の暗《やみ》が私の全世界を覆いつくしていた。恐らくは音も匂《におい》も、触覚さえもが私の身体《からだ》から蒸発して了《しま》って、煉羊羹《ねりようかん》の濃《こまや》かに澱《よど》んだ色彩ばかりが、私のまわりを包んでいた。

頭の上には夕立雲の様に、まっくらに層をなした木の葉が、音もなく鎮《しずま》り返って、そこからは巨大な黒褐色《くろかっしょく》の樹幹が、滝をなして地上に降り注ぎ、観兵式の兵列の様に、目も遥《はるか》に四方にうち続いて、末は奥知れぬ暗の中に消えていた。

幾層の木の葉の暗のその上には、どの様なうららかな日が照っているか、或《あるい》は、どの様な冷い風が吹きすさんでいるか、私には少しも分らなかった。ただ分っていることは、私が今、果てしも知らぬ大森林の下闇を、行方《ゆくえ》定めず歩き続けている、その単調な事実だけであった。歩いても歩いても、幾抱えの大木の幹を、次から次へと、迎え見送るばかりで景色は少しも変らなかった。足の下には、この森が出来て以来、幾百年の落葉が、湿気の充《み》ちたクッションを為《な》して、歩くたびに、ジクジクと、音を立てているに相違なかった。

聴覚のない薄暗の世界は、この世からあらゆる生物が死滅したことを感じさせた。或は又、不気味にも、森全体がめしいたる魑魅魍魎《ちみもうりょう》に充《み》ち満ちているが如《ごと》くにも、思われないではなかった。くちなわの様な山蛭《やまびる》が、まっくらな天井から、雨垂れを為して、私の襟《えり》くびに注いでいるのが想像された。私の眼界には一物の動くものとてなかったけれど、背後には、くらげの如きあやしの生きものが、ウョウョと身をすり合せて、声なき笑いを合唱しているのかも知れなかった。

でも、暗闇と、暗闇の中に住むものとが、私を怖《こわ》がらせたのは云《い》うまでもないけれど、それらにもまして、いつもながらこの森の無限が、奥底の知れぬ恐怖を以《もっ》て、私に迫った。それは、生れ出たばかりの嬰児《えいじ》が、広々とした空間に畏怖《いふ》して、手足をちぢめ、恐れ戦くが如き感じであった。

私は「母さん、怖いよう」と、叫びそうになるのを、やっとこらえながら、一刻も早く暗の世界を逃れ出そうと、あがいた。

併《しか》し、あがけばあがく程、森の下闇は、益々《ますます》暗さをまして行った。何年の間、或は何十年の間、私はそこを歩き続けたことであろう！　そこには時というものがなかった。日暮れも夜明けもなかった。歩き始めたのが昨日であったか、何十年の昔であったか、それさえ曖昧《あいまい》な感じであった。

私は、ふと未来永劫《みらいえいごう》この森の中に、大きな大きな円を描いて歩きつづけているのではないかと疑い始めた。外界の何物よりも私自身の歩幅《ほはば》の不確実が恐しかった。私は嘗《かつ》て、右足と左足との歩きぐせにたった一吋《インチ》の相違があった為に、沙漠《さばく》の中を円を描いて歩き続けた旅人の話を聞いていた。沙漠には雲がはれて、日も出よう、星もまたたこう。併し、暗闇の森の中には、いつまで待っても、何の目印も現れては呉《く》れないのだ。世にためしなき恐れであった。私はその時の、心の髄《ずい》からの戦きを、何と形容すればよいのであろう。

私は生れてから、この同じ恐れを、幾度《いくたび》と知れず味《あじわ》った。併し、一度《たび》ごとに、いい知れぬ恐怖の念は、そして、それに伴うあるとしもなき懐《なつか》しさは、共に増しこそすれ、決して減じはしなかった。その様に度々のことながら、どの場合にも、不思議なことには、いつどこから森に入って、いつ又どこから森を抜け出すことが出来たのやら、少しも記憶していなかった。一度ずつ、全く新たなる恐怖が私の魂を圧し縮めた。巨大なる死の薄暗を、豆つぶの様な私という人間が、息を切り汗を流して、いつまでも、いつまでも歩いていた。

ふと気がつくと、私の周囲には異様な薄明《うすあかり》が漂い初めていた。それは例えば、幕に映った幻燈の光の様に、この世の外《ほか》の明るさではあったけれど、でも、歩くに随《したが》って闇はしりえに退いて行った。「ナンダ、これが森の出口だったのか」私はそれをどうして忘れていたのであろう。そして、まるで永久にそこにとじ込められた人の様に、おじ恐れていたのであろう。

私は水中を駈けるに似た抵抗を感じながら、でも次第に光りの方へ近づいて行った。近づくに従って、森の切れ目が現れ、懐しき大空が見え初《はじ》めた。併し、あの空の色は、あれが私達の空であったのだろうか。そして、その向うに見えるものは（？）アア、私はやっぱりまだ森を出ることが出来ないのだった。

森の果てとばかり思い込んでいた所は、その実《じつ》森の真中であったのだ。

そこには、直径一町ばかりの丸い沼があった。沼のまわりは、少しの余地も残さず、直《ただ》ちに森が囲んでいた。そのどちらの方角を見渡しても、末はあやめも知れぬ闇となり、今《いま》迄《まで》私の歩いて来たのより浅い森はない様に見えた。

度々森をさ迷いながら、私は斯様《かよう》な沼のあることを少しも知らなかった。それ故《ゆえ》、パッと森を出離れて、沼の岸に立った時、そこの景色の美しさに、私はめまいを感じた。万花《まんか》鏡《きょう》を一転して、ふと幻怪な花を発見した感じである。併し、そこには万花鏡の様な華《はな》やかな色彩がある訳《わけ》ではなく、空も森も水も、空はこの世のものならぬいぶし銀、森は黒ずんだ緑と茶、そして水は、それらの単調な色どりを映しているに過ぎないのだ。それにも拘《かかわ》らず、この美しさは何物の業《わざ》であろう。銀鼠《ぎんねず》の空の色か、巨大な蜘蛛《くも》が今獲《え》ものをめがけて飛びかかろうとしている様な、奇怪なる樹木達の枝ぶりか、固体の様におし黙って、無限の底に空を映した沼の景色か、それもそうだ。併しもっと外《ほか》にある。えたいの知れぬものがある。

音もなく、匂いもなく、肌触りさえない世界の故か。そして、それらの聴覚、嗅覚、触覚が、たった一つの視覚に集められている為《ため》か、それもそうだ。併しもっと外にある。空も森も水も、何者かを待ち望んで、ハチ切れ相《そう》に見えるではないか。彼等の貪婪《どんらん》極りなき慾情が、いぶきとなってふき出しているのではないか。併しそれが、何故《なぜ》なればかくも私の心をそそるのか。

私は何気なく、眼を外界から私自身の、いぶかしくも裸の身体《からだ》に移した。そして、そこに、男のではなくて、豊満なる乙女《おとめ》の肉体を見出した時、私が男であったことをうち忘れて、さも当然の様にほほえんだ。ああこの肉体だ（！）私は余りの嬉しさに、心臓が喉《のど》の辺まで飛び上るのを感じた。

私の肉体は、（それは不思議にも私の恋人のそれと、そっくり生《いき》うつしなのだが）何とまあすばらしい美しさであったろう。ぬれ鬘《かつら》の如く、豊《ゆたか》にたくましき黒髪、アラビヤ馬に似て、精悍《せいかん》にはり切った五体、蛇の腹の様につややかに、青白き皮膚の色、この肉体を以《もっ》て、私は幾人の男子を征服して来たか。私という女王の前に、彼等がどの様な有様でひれ俯《ふ》したか。

今こそ、何もかも明白になった。私は不思議な沼の美しさを、漸《ようや》く悟ることが出来たのだ。

「オオ、お前達はどんなに私を待ちこがれていたことであろう。幾千年、幾万年、お前たち、空も森も水も、ただこの一刹那《いっせつな》の為に生き永らえていたのではないか。お待ち遠さま

（！）さあ、今、私はお前達の烈《はげ》しい願《ねがい》をかなえて上げるのだよ」

この景色の美しさは、それ自身完全なものではなかった。何かの背景としてそうであったのだ。そして今、この私が、世にもすばらしい俳優として彼等の前に現れたのだ。闇の森に囲まれた底なし沼の、深く濃《こまや》かな灰色の世界に、私の雪白《せっぱく》の肌《はだえ》が、如何《いか》に調和よく、如何に輝かしく見えたことであろう。何という大芝居だ。何という奥底知れぬ美しさだ。

私は一歩沼の中に足を踏み入れた。そして、黒い水の中央に、同じ黒さで浮んでいる、一つの岩をめがけて、静《しずか》に泳ぎ初めた。水は冷たくも暖かくもなかった。油の様にトロリとして、手と足を動かすにつれてその部分丈《だ》け波立つけれど、音もしなければ、抵抗も感じない。私は胸のあたりに、二筋三筋の静な波紋《はもん》を描いて、丁度真白な水鳥が、風なき水面をすべる様に、音もなく進んで行った。やがて、中心に達すると、黒くヌルヌルした岩の上に這《は》い上《あが》る。その様《さま》は、例えば夕凪《ゆうなぎ》の海に踊る人魚の様《よう》にも見えたであろうか。

今、私はその岩の上にスックと立上った。オオ、何という美しさだ。私は顔を空ざまにして、あらん限りの肺臓の力を以て、花火の様な一声《ひとこえ》を上げた。胸と喉の筋肉が無限の様に伸びて、一点の様にちぢんだ。

それから、極端な筋肉の運動が始められた。それがまあ、どんなにすばらしいものであったか。青大将《あおだいしょう》が真二つにちぎられてのたうち廻《まわ》るのだ。尺取虫《しゃくとりむし》と芋虫とみみずの断末魔《だんまつま》だ。無限の快楽に、或は無限の痛苦にもがくけだものだ。

踊り疲れると、私は喉をうるおす為に、黒い水中に飛び込んだ。そして、胃の腑《ふ》の受け容《い》れるだけ、水銀の様に重い水を飲んだ。

そうして踊り狂いながらも、私は何か物足らなかった。私ばかりでなく周囲の背景達も、不思議に緊張をゆるめなかった。彼等はこの上に、まだ何事を待ち望んでいるのであろう。

「そうだ、紅《くれない》の一いろだ」

私はハットそこに気がついた。このすばらしい画面には、たった一つ、紅の色が欠けている。若《も》しそれを得ることが出来たならば、蛇の目が生きるのだ。奥底知れぬ灰色と、光り輝く雪の肌と、そして紅の一点、そこで、何物にもまして美しい蛇の目が生きるのだ。

したが、私はどこにその絵の具を求めよう。この森の果てから果てを探したとて、一輪の椿《つばき》さえ咲いてはいないのだ。立並ぶ彼《か》の蜘蛛の木の外《ほか》に木はないのだ。

「待ち給《たま》え、それ、そこに、すばらしい絵の具があるではないか。心臓というシボリ出し、こんな鮮かな紅を、どこの絵の具屋が売っている」

私は薄く鋭い爪を以て、全身に、縦横無尽のかき傷を拵《こしら》えた、豊なる乳房、ふくよかな腹部、肉つきのよい肩、はり切った太股《ふともも》、そして美しい顔にさえも。傷口からしたたる血のりが川を為して、私の身体は真赤なほりものに覆われた。血潮の網シャツを着た様だ。

それが沼の水面に映っている。火星の運河（！）私の身体は丁度あの気味悪い火星の運河だ。そこには水の代りに赤い血のりが流れている。

そして、私は又狂暴なる舞踊を初めた。キリキリ廻れば、紅白だんだら染めの独楽《こま》だ。のたうち廻れば、今度こそ断末魔の長虫《ながむし》だ。ある時は胸と足をうしろに引いて、極度に腰を張り、ムクムクと上って来る太股の筋肉のかたまりを、出来る限り上の方へ引きつけて見たり、ある時は岩の上に仰臥《ぎょうが》して、肩と足とで弓の様にそり返り、尺取虫が這《は》う様に、その辺を歩き廻ったり、ある時は、股《もも》をひろげその間に首をはさんで、芋虫の様にゴロゴロと転って見たり、又は切られたみみずをまねて、岩の上をピンピンとはね廻って、腕と云わず肩と云わず、腹と云わず腰と云わず、所きらわず、力を入れたり抜いたりして、私はありとあらゆる曲線表情を演じた。命の限り、このすばらしい大芝居《おおしばい》の、はれの役目を勤めたのだ。……………………


「あなた、あなた、あなた」

遠くの方で誰かが呼んでいる。その声が一こと毎《ごと》に近くなる。地震の様に身体がゆれる。

「あなた。何をうなされていらっしゃるの」

ボンヤリ目を開《あ》くと、異様に大きな恋人の顔が、私の鼻先に動いていた。

「夢を見た」

私は何気なく呟《つぶや》いて、相手の顔を眺めた。

「まあ、びっしょり、汗だわ。………怖い夢だったの」

「怖い夢だった」

彼女の頰《ほお》は、入日時《いりひどき》の山脈の様に、くっきりと蔭《かげ》と日向《ひなた》に別れて、その分れ目を、白髪《しらが》の様な長いむく毛が、銀色に縁取《へりど》っていた。小鼻の脇に、綺麗《きれい》な脂《あぶら》の玉が光って、それを吹き出した毛穴共が、まるで洞穴《ほらあな》の様に、いとも艶《なまめか》しく息づいていた。そして、その彼女の頰は、何か巨大な天体ででもある様に、徐々《じょじょ》に徐々に、私の眼界を覆いつくして行くのだった。

白昼夢

あれは、白昼の悪夢であったか、それとも現実の出来事であったか。

晩春の生暖い風が、オドロオドロと、火照《ほて》った頰に感ぜられる、蒸し暑い日の午後であった。

用事があって通ったのか、散歩のみちすがらであったのか、それさえぼんやりとして思い出せぬけれど、私は、ある場末の、見る限り何処《どこ》までも何処までも、真直《まっすぐ》に続いている、広い埃《ほこり》っぽい大通りを歩いていた。

洗いざらした単衣物《ひとえもの》の様に白茶けた商家が、黙って軒《のき》を並べていた。三尺のショーウインドウに、埃でだんだら染めにした小学生の運動シャツが下っていたり、碁盤の様に仕切った薄っぺらな木箱の中に、赤や黄や白や茶色などの、砂の様な種物を入れたのが、店一杯に並んでいたり、狭い薄暗い家中《うちじゅう》が、天井からどこから、自転車のフレームやタイヤで充満していたり、そして、それらの殺風景な家々の間に挟まって、細い格子戸の奥にすすけた御神燈の下った二階家が、そんなに両方から押しつけちゃ厭《いや》だわという恰好をして、ボロンボロンと猥褻《わいせつ》な三味線《しゃみせん》の音《ね》を洩《もら》していたりした。

「アップク、チキリキ、アッパッパア……アッパッパア……」

お下げを埃でお化粧した女の子達が、道の真中に輪を作って歌っていた。アッパッパアアア……という涙ぐましい旋律が、霞んだ春の空へのんびりと蒸発して行った。男の子等は縄飛びをして遊んでいた。長い縄の弦《つる》が、ねばり強く地を叩いては、空に上った。田舎縞の前をはだけた一人の子が、ピョイピョイと飛んでいた。その光景《ありさま》は、高速度撮影機を使った活動写真の様に、如何にも悠長に見えた。

時々、重い荷馬車がゴロゴロと道路や、家々を震動させて私を追い越した。

ふと私は、行手に当って何かが起っているのを知った。十四五人の大人や子供が、道ばたに不規則な半円を描いて立止っていた。

それらの人々の顔には、皆一種の笑いが浮んでいた。喜劇を見ている人の笑いが浮んでいた。ある者は大口を開いてゲラゲラ笑っていた。

好奇心が、私をそこへ近付かせた。

近付《ちかづく》に従って、大勢の笑顔と際立った対照を示している一つの真面目くさった顔を発見した。その青ざめた顔は、口をとがらせて、何事か熱心に弁じ立てていた。香具師《やし》の口上にしては余りに熱心過ぎた。宗教家の辻説法にしては見物の態度が不謹慎だった。一体、これは何事が始まっているのだ。

私は知らず知らず半円の群集に混って、聴聞者の一人となっていた。

演説者は、青っぽいくすんだ色のセルに、黄色の角帯をキチンと締めた、風采《ふうさい》のよい、見た所相当教養もありそうな四十男であった。鬘《かつら》の様に綺麗に光らせた頭髪《かみ》の下に、中高《なかだか》の薤形《らっきょうがた》の青ざめた顔、細い眼、立派な口髭で隈《くま》どった真赤な脣《くちびる》、その脣が不作法につばきを飛ばしてバクバク動いているのだ。汗をかいた高い鼻、そして、着物の裾からは、砂埃にまみれた跣足《はだし》の足が覗いていた。

「……俺はどんなに俺の女房を愛していたか」

演説は今や高調に達しているらしく見えた。男は無量の感慨を罩《こ》めてこういったまま、暫《しばら》く見物達の顔から顔を見廻していたが、やがて、自問に答える様に続けた。

「殺す程愛していたのだ！」

「……悲しい哉《かな》、あの女は浮気者だった」

ドッと見物の間に笑い声が起ったので、其次《そのつぎ》の「いつ余所《よそ》の男とくッつくかも知れなかった」という言葉は危く聞き洩す所だった。

「いや、もうとっくにくッついていたかも知れないのだ」

そこで又、前にもました高笑いが起った。

「俺は心配で心配で」彼はそういって歌舞伎役者の様に首を振って「商売も手につかなんだ。俺は毎晩寝床の中で女房に頼んだ。手を合せて頼んだ」笑声《しょうせい》「どうか誓って呉れ。俺より外の男には心を移さないと誓って呉れ……併し、あの女はどうしても私の頼みを聞いては呉れない。まるで商売人の様な巧みな嬌態《きょうたい》で、手練手管《てれんてくだ》で、その場その場をごまかすばかりです。だが、その手練手管が、どんなに私を惹きつけたか……」

誰かが「ようよう、御馳走さまッ」と叫んだ。そして、笑声。

「みなさん」男はそんな半畳《はんじょう》などを無視して続けた。「あなた方が、若《も》し私の境遇にあったら一体どうしますか。これが殺さないでいられましょうか！」

「……あの女は耳隠しがよく似合いました。結い上げた所です。綺麗にお化粧した顔が私の方をふり向いて、赤い唇でニッコリ笑いました」

男はここで一つ肩を揺り上げて見えを切った。濃い眉が両方から迫って凄い表情に変った。赤い唇が気味悪くヒン曲った。

「……俺は今だと思った。この好もしい姿を永久に俺のものにして了うのは今だと思った」

「用意していた千枚通しを、あの女の匂《にお》やかな襟足へ、力まかせにたたき込んだ。笑顔の消えぬうちに、大きい糸切歯が唇から覗いたまんま……死んで了った」

賑かな広告の楽隊が通り過ぎた。大喇叭《おおらっぱ》が頓狂《とんきょう》な音を出した。「ここはお国を何百里、離れて遠き満洲《まんしゅう》の」子供等が節に合せて歌いながら、ゾロゾロとついて行った。

「諸君、あれは俺のことを触廻《ふれまわ》っているのだ。真柄《まがら》太郎《ろう》は人殺しだ、人殺しだ、そういって触廻《ふれまわ》っているのだ」

又笑い声が起った。楽隊の太鼓の音丈けが、男の演説の伴奏ででもある様に、いつまでもいつまでも聞えていた。

「……俺は女房の死骸を五つに切り離した。いいかね、胴が一つ、手が二本、足が二本、これでつまり五つだ。……惜しかったけれど仕方がない。……よく肥《ふと》ったまっ白な足だ」

「……あなた方はあの水の音を聞かなかったですか」男は俄《にわか》に声を低めて云った。首を前につき出し、目をキョロキョロさせながら、さも一大事を打開《うちあ》けるのだといわぬばかりに、「三七二十一日の間、私の家の水道はザーザーと開けっぱなしにしてあったのですよ。五つに切った女房の死体をね、四斗樽《しとだる》の中へ入れて、冷していたのですよ。これがね、みなさん」ここで彼の声は聞えない位に低められた。

「秘訣《ひけつ》なんだよ。秘訣なんだよ。死骸を腐らせない。……屍蠟というものになるんだ」

「屍蠟」……ある医書の「屍蠟」の項が、私の目の前に、その著者の黴《かび》くさい絵姿と共に浮んで来た。一体全体、この男は何を云わんとしているのだ。何とも知れぬ恐怖が、私の心臓を風船玉の様に軽くした。

「……女房の脂《あぶら》ぎった白い胴体や手足が、可愛い蠟細工になって了った」

「ハハハハハ、お極《きま》りを云ってらあ。お前それを、昨日《きのう》から何度おさらいするんだい」誰かが不作法に怒鳴った。

「オイ、諸君」男の調子がいきなり大声に変った。「俺がこれ程云うのが分らんのか。君達は、俺の女房は家出をした家出をしたと信じ切っているだろう。ところがな、オイ、よく聞け、あの女はこの俺が殺したんだよ。どうだ、びっくりしたか。ワハハハハハ」

……断切《たちき》った様に笑声がやんだかと思うと、一瞬間に元の生真面目な顔が戻って来た。男は又囁き声で始めた。

「それでもう、女はほんとうに私のものになり切って了ったのです。ちっとも心配はいらないのです。キッスのしたい時にキッスが出来ます。抱き締めたい時には抱きしめることも出来ます。私はもう、これで本望《ほんもう》ですよ」

「……だがね、用心しないと危い。私は人殺しなんだからね。いつ巡査《おまわり》に見つかるかしれない。そこで、俺はうまいことを考えてあったのだよ。隠し場所をね。……巡査だろうが刑事だろうが、こいつにはお気がつくまい。ホラ、君、見てごらん。その死骸はちゃんと俺の店先に飾ってあるのだよ」

男の目が私を見た。私はハッとして後を振り向いた。今の今まで気のつかなかったすぐ鼻の先に、白いズックの日覆《ひおおい》……「ドラッグ」……「請合薬《うけあいぐすり》」……見覚えのある丸ゴシックの書体、そして、その奥のガラス張りの中の人体模型、その男は、何々ドラッグという商号を持った、薬屋の主人であった。

「ね、いるでしょう。もっとよく私の可愛い女を見てやって下さい」

何がそうさせたのか。私はいつの間にか日覆の中へ這入《はい》っていた。

私の目の前のガラス箱の中に女の顔があった。彼女は糸切歯をむき出してニッコリ笑っていた。いまわしい蠟細工の腫物《しゅもつ》の奥に、真実の人間の皮膚が黒ずんで見えた。作り物でない証拠には、一面にうぶ毛が生えていた。

スーッと心臓が喉《のど》の所へ飛び上った。私は倒れ相《そう》になる身体《からだ》を、危くささえて日覆からのがれ出した。そして、男に見つからない様に注意しながら、群集の側《そば》を離れた。

……ふり返って見ると、群集のうしろに一人の警官が立っていた。彼も亦《また》、他の人達と同じ様にニコニコ笑いながら、男の演説を聞いていた。

「何を笑っているのです。君は職務の手前それでいいのですか。あの男のいっていることが分りませんか。嘘だと思うならあの日覆の中へ這入って御覧なさい。東京の町の真中で、人間の死骸がさらしものになっているじゃありませんか」

無神経な警官の肩を叩いて、こう告げてやろうかと思った。けれど私にはそれを実行する丈けの気力がなかった。私は眩暈《めまい》を感じながらヒョロヒョロと歩き出した。

行手には、どこまでもどこまでも果しのない白い大道が続いていた。陽炎《かげろう》が、立並ぶ電柱を海草の様に揺《ゆす》っていた。

踊る一寸法師

「オイ、緑《ろく》さん、何をぼんやりしてるんだな。ここへ来て、お前も一杯御相伴《おしょうばん》にあずかんねえ」

肉襦袢《にくじゅばん》の上に、紫繻子《むらさきじゅす》に金糸でふち取りをした猿股《さるまた》をはいた男が、鏡を抜いた酒樽《さかだる》の前に立ちはだかって、妙に優しい声で云《い》った。

その調子が、何となく意味あり気《げ》だったので、酒に気をとられていた、一座の男女が一斉《いっせい》に緑さんの方を見た。

舞台の隅《すみ》の、丸太の柱によりかかって、遠くの方から同僚達の酒宴の様子を眺めていた一寸法師の緑さんは、そう云われると、いつもの通り、さもさも好人物らしく、大きな口を曲げて、ニヤニヤと笑った。

「おらあ、酒は駄目《だめ》なんだよ」

それを聞くと、少し酔の廻《まわ》った軽業師《かるわざし》達は、面白そうに声を出して笑った。男達の鹽辛《しおから》声《ごえ》と、肥《ふと》った女共の甲高《かんだか》い声とが、広いテント張りの中に反響した。

「お前の下戸《げこ》は云わなくったって分ってるよ。だが、今日は特別じゃねえか。大当りのお祝いだ。何ぼ不具者だって、そうつき合いを悪くするものじゃねえ」

紫繻子の猿股が、もう一度優しく繰返《くりかえ》した。色の黒い、脣《くちびる》の厚い、四十恰好《かっこう》の巖乗《がんじょう》な男だ。

「おらあ、酒は駄目なんだよ」

やっぱりニャニャ笑いながら、一寸法師が答えた。十一二歳の子供の胴体に、三十男の顔をくっつけた様な怪物だ。頭の鉢《はち》が福助《ふくすけ》の様に開いて、らっきょう型の顔には、蜘蛛《くも》が足を拡《ひろ》げた様な、深い皺《しわ》と、キョロリとした大きな眼と、丸い鼻と、笑う時には耳までさけるのではないかと思われる大きな口と、そして、鼻の下の薄黒い無精髯《ぶしょうひげ》とが、不調和についていた。青白い顔に脣だけが妙に真赤だった。

「緑さん、私のお酌《しゃく》なら、受けて呉《く》れるわね」

美人玉乗りのお花《はな》が、酒の為《ため》に赤くほてった顔に、微笑を浮べて、さも自信ありげに口を入れた。村中の評判になった、このお花の名前は、私も覚えていた。

一寸法師は、お花に正面から見つめられて、一寸《ちょっと》たじろいだ。彼の顔には一刹那《いっせつな》不思議な表情が現れた。あれが怪物の羞恥《しゅうち》であろうか。併《しか》し、暫《しばら》くもじもじしたあとで、彼はやっぱり同じことを繰返した。

「おらあ、酒は駄目なんだよ」

顔は相変らず笑っていたが、それは咽喉《のど》にひっかかった様な、低い声だった。

「そう云わないで、まあ一杯やんなよ」

紫繻子の猿股は、ノコノコと歩いて行って、一寸法師の手を取った。

「さあ、こうしたら、もう逃がしっこないぞ」

彼は、そう云って、グングンその手を引っぱった。

巧みな道化役者《どうけ》にも似合わない、豆蔵の緑さんは、十八の娘の様に、併し不気味な嬌羞《きょうしゅう》を示して、そこの柱につかまったまま動こうともしない。

「止《よ》せったら、止せったら」

それを無理に紫繻子が引張るので、その度《たび》に、つかまっている柱が撓《しな》って、テント張りの小屋全体が、大風の様にゆれ、アセチリン瓦斯《ガス》の釣《つり》ランプが、鞦韆《ぶらんこ》の様に動いた。

私は何となく気味が悪かった。執拗《しつよう》に丸太の柱につかまっている一寸法師と、それを又依怙地《いこじ》に引きはなそうとしている紫繻子、その光景に一種不気味な前兆が感じられた。

「花ちゃん、豆蔵のことなぞどうだっていいから、サア、一つお歌いよ。ねえ。お囃《はや》しさん」

気がつくと、私のすぐ側《そば》で、八字髭《はちじひげ》をはやして、その癖《くせ》妙ににやけた口を利《き》く、手品使いの男が、しきりとお花に勧めていた。新米《しんまい》らしいお囃しのおばさんは、これもやっぱり酔っぱらっていて、猥褻《わいせつ》に笑いながら、調子を合せた。

「お花さん、歌うといいわ。騒ぎましょうよ。今晩は一つ、思いきり騒ぎましょうよ」

「よし、俺《おれ》が騒ぎ道具を持って来よう」

若い軽業師が、彼も肉襦袢一枚だ、いきなり立上って、まだ争っている一寸法師と紫繻子の側《そば》を通り越して、丸太を組合せて作った二階の楽屋へ走って行った。

その楽器の来るのも待たないで、八字髭の手品使いは、酒樽のふちを叩きながら、胴間声《どうまごえ》をはり上げて、三曲万歳《まんざい》を歌い出した。玉乗娘《たまのりむすめ》の二三が、ふざけた声で、それに和《あわ》した。そういう場合、いつも槍玉《やりだま》に上るのは一寸法師の緑さんだった。下品な調子で彼を読込んだ万歳節《ぶし》が、次から次へと歌われた。

てんでんに話し合ったり、ふざけ合ったりしていた連中が、段々その歌の調子に引き入れられて、遂には全員の合唱となった。気がつかぬ間《ま》に、さっきの若い軽業師が持って来たのであろう、三味線《しゃみせん》、鼓《つづみ》、鉦《かね》、拍子木《ひょうしぎ》などの伴奏が入っていた。耳を聾《ろう》せんばかりの、不思議なる一大交響楽が、テントをゆるがした。歌詞の句切り句切りには、恐しい怒号と拍手が起った。男も女も、酔が廻るにつれて、漸次《ぜんじ》狂的にはしゃぎ廻った。

その中《うち》で、一寸法師と紫繻子は、まだ争いつづけていた。緑さんはもう丸太を離れて、エヘエへ笑いながら、小猿の様に逃げ廻っていた。そうなると彼はなかなか敏捷《びんしょう》だった。大男の紫繻子は、低能の一寸法師に馬鹿にされて、少々癇癪《かんしゃく》を起していた。

「この豆蔵奴《め》、今に、吠面《ほえづら》かくな」

彼はそんな威嚇《いかく》の言葉を怒鳴《どな》りながら追っかけた。

「御免よ、御免よ」

三十面《づら》の一寸法師は、小学生の様に、真剣に逃げ廻っていた。彼は、紫繻子にとっつかまって、酒樽の中へ首を押しつけられるのが、どんなにか恐しかったのであろう。

その光景は、不思議にも私にカルメンの殺し場を思出させた、闘牛場から聞えて来る、狂暴な音楽と喊声《かんせい》につれて、追いつ追われつしている、ホセとカルメン、どうした訳《わけ》か、多分服装のせいであったろう、私はそれを聯想《れんそう》した。一寸法師は真赤な道化役の衣裳《いしょう》をつけていた。それを、肉襦袢の紫繻子が追っかけるのだ。三味線と鉦と鼓と拍子木が、そして、やけくそな三曲万歳が、それを囃し立てるのだ。

「サア、とっつかまえたぞ、こん畜生《ちくしょう》」

遂に紫繻子が喊声を上げた。可哀相《かわいそう》な緑さんは、彼の巖乗な両手の中で、青くなってふるえていた。

「どいた、どいた」

彼はもがく一寸法師を頭の上にさし上げて、こちらへやって来た。皆は歌うのを止《や》めて、その方を見た。二人の荒々しい鼻息が聞えた。

アッと思う間に、真逆様《まっさかさま》につり下げられた一寸法師の頭が、ザブッと酒樽の中に漬《つか》った。緑さんの短い両手が、空《くう》に藻《も》がいた。パチャパチャと酒のしぶきが飛び散った。

紅白段《だん》だら染《ぞめ》の肉襦袢や、肉色の肉襦袢や、或《あるい》は半裸体の男女が、互《たがい》に手を組み膝《ひざ》を合せて、ゲラゲラ笑いながら見物していた。誰もこの残酷な遊戯を止《と》めようとはしなかった。

存分酒を飲まされた一寸法師は、やがて、そこへ横様《よこざま》に抛《ほう》り出された。彼は丸くなって、百日咳《ひゃくにちぜき》の様に咳入《せきい》った。口から鼻から耳から、黄色い液体がほとばしった。彼のこの苦悶《くもん》を囃す様に、又しても三曲万歳の合唱が始った。聞くに耐えぬ罵詈讒謗《ばりざんぼう》が繰返された。一しきり咳入った後《のち》は、ぐったりと死骸の様に横《よこた》わっている一寸法師の上を、肉襦袢のお花が、踊り廻った。肉つきのいい彼女の足が、屡々《しばしば》彼の頭の上を跨《また》いだ。

拍手と喊声と、拍子木の音とが、耳を聾するばかりに続けられた。最早《もはや》そこには、一人として正気な者はいなかった。誰も彼も狂者の様に怒鳴った。お花は、早調子の万歳節に合せて、狂暴なジプシー踊りを踊りつづけた。

一寸法師の緑さんは、やっと目を開《あ》くことが出来た。不気味な顔が、猩々《しょうじょう》の様に真赤になっていた。彼は肩息《かたいき》をしながら、ヒョロヒョロと立上ろうとした。と、丁度その時、踊り疲れた玉乗女の大きなお尻が、彼の目の前に漂って来た。そして、故意か偶然か、彼女は一寸法師の顔の上へ尻餅をついて了《しま》った。

仰向《あおむ》きにおしつぶされた緑さんは、苦し相《そう》なうめき声を立てて、お花のお尻の下で藻がいた。酔っぱらったお花は、緑さんの顔の上で馬乗りの真似をした。三味線の調子に合せて、「ハイ、ハイ」とかけ声をしながら、平手でピシャピシャと緑さんの頬を叩いた。一同の口から馬鹿笑いが破裂した。けたたましい拍手が起った。だが、その時緑さんは、大きな肉塊の下じきになって、息も出来ず、半死半生の苦《くるし》みをなめていたのだ。

暫くしてやっと許された一寸法師は、やっぱりニヤニヤと、愚《おろか》な笑いを浮べて、半身を起した。そして、常談《じょうだん》の様な調子で、

「ひでえなあ」

とつぶやいたばかりだった。

「オー、鞠《まり》投げをやろうじゃねえか」

突然、鉄棒《かなぼう》の巧みな青年が立上って叫んだ。皆が「鞠投げ」の意味を熟知している様子だった。

「よかろう」

一人の軽業師が答えた。

「よせよ、よせよ、あんまり可哀相だよ」

八字髭の手品使いが、見兼ねた様に口を入れた。彼丈《だ》けは、綿《めん》ネルの背広を着て、赤いネクタイを結んでいた。

「サア、鞠投げだ、鞠投げだ」

手品使いの言葉なんか耳にもかけず、彼《か》の青年は一寸法師の方へ近《ちか》づいて行った。

「オイ、緑さん始めるぜ」

そういうが早いか、青年は不具者を引っぱり起して、その眉間《みけん》を平手でグンとついた。

一寸法師は、つかれた勢《いきおい》で、さも鞠の様にクルクル廻りながら、後《うしろ》の方へよろけて行った。

すると、そこにもう一人の青年がいて、これを受けとめ、不具者の肩を摑《つか》んで自分の方へ向けると、又グンと額《ひたい》をついた。可哀相な緑さんは、再びグルグル廻りながら前の青年の所へ戻って来た。それから、この不思議な、残忍なキャッチボールが、いつまでもくり返された。

いつの間にか、合唱は出雲拳の節に変っていた。拍子木と三味線が、やけに鳴らされた。フラフラになった不具者は、執念深い微笑を以《もっ》て、彼の不思議な役目を続けていた。

「もうそんな下らない真似はよせ。これからみんなで芸づくしをやろうじゃないか」

不具者の虐待に飽きた誰かが叫んだ。

無意味な怒号と狂気の様な拍手が、それに答えた。

「持ち芸じゃ駄目だぞ。みんな、隠し芸を出すのだ。いいか」

紫繻子の猿股が、命令的に怒鳴った。

「まず、皮切りは緑さんからだ」

誰かが意地悪くそれに和した。ドッと拍手が起った。疲れ切って、そこに倒れていた緑さんは、この乱暴な提議をも、底知れぬ笑顔で受けた。彼の不気味な顔は泣くべき時にも、笑った。

「それならいいことがあるわ」真赤に酔っぱらった美人玉乗りのお花が、フラフラと立上って叫んだ。

「豆ちゃん。お前。髭さんの大魔術をやるといいわ。一寸《すん》だめし五分《ぶ》だめし、美人の獄門《ごくもん》てえのを、ね、いいだろ。おやりよ」

「エヘヘヘヘ」不具者は、お花の顔を見つめて笑った。無理に飲まされた酒で、彼の目は妙にドロンとしていた。

「ね、豆ちゃんは、あたいに惚《ほ》れてるんだね。だから、あたいのいいつけなら、何《な》んだって聞くだろ。あたいがあの箱の中へ這入《はい》ってあげるわ。それでもいやかい」

「ヨウヨウ、一寸法師の色男！」

又しても、破れる様な拍手と、笑声《しょうせい》。

豆蔵とお花、美人獄門の大魔術、この不思議な取合せが、酔っぱらい共を喜ばせた。大勢が乱れた足どりで、大魔術の道具立てを始めた。舞台の正面と左右に黒い幕がおろされた。床には黒い敷物《しきもの》がしかれた。そして、その前に、棺桶《かんおけ》の様な木箱と、一箇のテーブルが持出された。

「サア、始まり始まり」

三味線と鉦と拍子木が、お極《きま》りの前奏曲を始めた。その囃しに送り出されて、お花と、彼女に引立てられた不具者とが、正面に現れた。お花はピッタリ身についた肉色のシャツ一枚だった。緑さんはダブダブの赤い道化服をつけていた。そして、彼の方は、相も変らず、大きな口でニヤリニヤリと笑っていた。

「口上《こうじょう》を云うんだよ、口上を」

誰かが怒鳴った。

「困るな、困っちまうな」

一寸法師は、ぶつぶつそんなことをつぶやきながら、それでも、何だか喋《しゃべ》り始めた。

「エー、ここもと御覧に供《きょう》しまするは、神変不思議の大魔術、美人の獄門とござりまして、これなる少女をかたえの箱の中へ入れ、十四本の日本刀をもちまして、一寸だめし、五分だめし、四方八方より田楽刺《でんがくざ》しと致すのでござります。エーと、が、それのみにては御慰《おなぐさ》みが薄い様にござります。か様《よう》に斬りさいなみましたる少女の首を、ザックリ、切断致し、これなるテーブルの上に、晒《さら》し首《くび》とござあい。ハッ」

「あざやかあざやか」「そっくりだ」賞讃とも揶揄《からかい》ともつかぬ呼声が、やけくそな拍手に混って聞えた。

白痴の様に見える一寸法師だけれど、流石《さすが》に商売柄、舞台の口上はうまいものだ。いつも八字髭の手品使いがやるのと、口調から文句から、寸分違わない。

やがて、美人玉乗りのお花は、あでやかに一揖《いちゆう》して、しなやかな身体《からだ》を、その棺桶様の箱の中へ隠した。一寸法師はそれに蓋《ふた》をして、大きな錠前を卸《おろ》した。

一束の日本刀がそこに投げ出されてあった。緑さんは、一本、一本、それを拾い、一度ずつ床につき立てて、偽物でないことを示した上、箱の前後左右に開けられた小さな孔《あな》へ、つき通して行った。一刀毎《ごと》に、箱の中から物凄い悲鳴が——毎日見物《けんぶつ》達を戦慄《せんりつ》させたあの悲鳴が——聞えて来た。

「キャー、助けて、助けて、助けて、アレー、こん畜生、こん畜生、こいつは本当に私を殺す気だよ。アレー、助けて、助けて、助けて……」

「ワハハハハハハ」「あざやかあざやか」「そっくりだ」見物達は大喜びで、てんでんに怒鳴ったり、手をたたいたりした。

一本、二本、三本、刀の数は段々増して行った。

「今こそ思い知ったか、このすべた奴《め》」一寸法師は芝居がかりで始めた。「よくもよくもこの俺を馬鹿にしたな。不具者の一念が分ったか、分ったか、分ったか」

「アレー、アレー、助けて、助けて、助けて——」

そして、田楽刺しにされた箱が、生あるものの様に、ガタガタと動いた。

見物達は、この真に迫った演出に夢中になった。百雷の様な拍手が続いた。

そして、遂に十四本目の一刀がつきさされた。お花の悲鳴は、さも瀕死《ひんし》の怪我人《けがにん》の様なうめき声に変って行った。最早文句をなさぬヒーヒーという音であった。やがて、それも絶え入《い》る様に消えて了うと、今迄《まで》動いていた箱がピッタリと静止した。

一寸法師はゼイゼイと肩で呼吸をしながら、その箱を見つめていた。彼の額は、水に漬った様に、汗でぬれていた。彼はいつまでもいつまでも、そうしたまま動かなかった。

見物達も妙に黙り込んだ。死んだ様な沈黙を破るものは、酒の為に烈しくなった、皆の息づかいばかりだった。

暫くすると、緑さんは、そろりそろりと、用意のダンビラを拾い上げた。それは青龍刀《せいりゆうとう》の様にギザギザのついた、幅の広い刀だった。彼はそれを、も一度床につき立てて、切れ味を示したのち、さて、錠前を脱《はず》して、箱の蓋を開けた。そして、その中へ件《くだん》の青龍刀を突込むと、さも本当に人間の首を切る様な、ゴリゴリという音をさせた。

それから、切って了った見得《みえ》で、ダンビラを投げ出すと、何物かを袖《そで》で隠して、かたえのテーブルの所まで行き、ドサッという音を立てて、それを卓上に置いた。

彼が袖をのけると、お花の青ざめた生首が現れた。切り口の所からは真赤な生々しい血《ち》潮《しお》が流れ出していた。それが紅《べに》のとき汁だなどとは、誰にも考えられなかった。

氷の様に冷いものが私の背中を伝《つたわ》って、スーッと頭のてっぺんまで駈け上った。私は、そのテーブルの下には二枚の鏡が直角にはりつめてあって、その背後に、床下の抜け道をくぐって来た、お花の胴体があることを知っていた。こんなものは大して珍しい手品ではなかった。それにも拘《かかわ》らず、私のこの恐しい予感はどうしたものであろう、それは、いつもの柔和な手品使と違って、あの不具者の、不気味な容貌の為であろうか。

まっ黒な背景の中に、緋《ひ》の衣《ころも》の様な、真赤な道化服を着た一寸法師が、大の字に立ちはだかっていた。その足許《あしもと》には血糊のついたダンビラが転っていた。彼は見物達の方を向いて、声のない、顔一杯の笑いを笑っていた。……だが、あの幽《かすか》な物音は一体何であろう。それは若《も》しや、真白にむき出した、不具者の歯と歯がカチ合う音ではないだろうか。

見物達は、依然として鳴りをひそめていた。そして、お互が、まるで恐いものでも見る様に、お互の顔をぬすみ見ていた。やがて、例の紫繻子がヌックと立上った。そして、テーブル目がけて、ツカツカと二三歩進んだ。流石にじっとしていられなかったのだ。

「ホホホホホホホホ」

突然晴々《はればれ》しい女の笑声が起った。

「豆ちゃん味をやるわね。ホホホホホホホ」

それは云うまでもなくお花の声であった。彼女の青ざめた首が、テーブルの上で笑ったのだった。

その首を、一寸法師はいきなり又、袖で隠した。そして、ツカツカと黒幕のうしろへ這《は》入《い》って行った。跡には、からくり仕掛けのテーブルだけが残っていた。

見物人達は、余りに見事《みごと》な不具者の演戯に、暫くはため息をつくばかりだった。当の手品使いさえもが、目をみはって、声を呑んでいた。が、やがて、ワーッというときの声が、小屋をゆすった。

「胴上げだ、胴上げだ」

誰かが、そう叫ぶと、彼等は一団になって、黒幕のうしろへ突進した。泥酔者達は、その拍子に足をとられて、バタバタと、折重って倒れた。その内のある者は、起上って、又ヒョロヒョロと走った。空になった酒樽のまわりには、已《すで》に寐《ね》入って了った者共が、魚河《うおが》岸《し》の鮪《まぐろ》の様に取残されていた。

「オーイ、緑さーん」

黒幕のうしろから、誰かの呼び声が聞えて来た。

「緑さん、隠れなくってもいいよ。出ろよ」

又誰かが叫んだ。

「お花姉さあん」

女の声が呼んだ。

返事は聞えなかった。

私は云い難《がた》き恐怖に戦《おのの》いた。さっきのは、あれは本物のお花の笑声だったのか。若しや、奥底の知れぬ不具者が、床の仕掛けをふさいで真実彼女を刺し殺し、獄門に晒したのではないか。そして、あの声は、あれは死人の声ではなかったのか、愚なる軽業師共は、彼《か》の八人芸と称する魔術を知らないのであろうか。口をつぐんだまま、腹中で発音して死物《しぶつ》に物を云わせる、あの八人芸という不思議な術を。それを、あの怪物が習い覚えていなかったと、どうして断定出来るであろう。

ふと気がつくと、テントの中に薄い煙が充《み》ち充ちていた。軽業師達の煙草《たばこ》の煙にしては、少し変だった。ハッとした私は、いきなり見物席の隅の方へ飛んで行った。

案《あん》の定《じょう》、テントの裾《すそ》を、赤黒い火焔が、メラメラと嘗《な》めていた。火は已にテントの四周《まわり》を取りまいている様子だった。

私は、やっとのことで燃える帆布《ほぬの》をくぐって、外の広っぱへ出た。広々とした草原《くさはら》には、白い月光が、隈《くま》もなく降りそそいでいた。私は足にまかせて近くの人家へと走った。

振り返ると、テントは最早や三分の一まで、燃え上っていた。無論、丸太の足場や、見物席の板にも火が移っていた。

「ワハハハハハハハハ」

何がおかしいのか、その火焔の中で、酔いしれた軽業師達が狂気の様に笑う声が、遥《はるか》に聞えて来た。

何者であろう、テントの近くの丘の上で、子供の様な人影が、月を背にして踊っていた。彼は西瓜《すいか》に似た丸いものを、提灯《ちょうちん》の様にぶら下げて、踊り狂っていた。

私は、余りの恐しさに、そこへ立《たち》すくんで、不思議な黒影を見つめた。

男は、さげていた丸いものを、両手で彼の口の所へ持って行った。そして、地《じ》だんだを踏みながら、その西瓜の様なものに食いついた。彼はそれを、離《はな》しては喰いつき、離しては喰いつき、さも楽しげに踊りつづけた。

水の様な月光が、変化踊《へんげおどり》の影法師を、真黒に浮き上らせていた。男の手にある丸い物から、そして彼自身の唇から、濃厚な、黒い液体が、ボトリボトリと垂れているのさえ、はっきりと見分けられた。

夢遊病者の死

彦太郎《ひこたろう》が勤め先の木綿問屋《もめんどんや》をしくじって、父親《ておや》の所へ帰って来てからもう三ヶ月にもなった。旧藩主M伯爵《はくしゃく》邸の小使《こづかい》みたいなことを勤めてかつかつ其日《そのひ》を送っている、五十を越した父親の厄介《やっかい》になっているのは、彼にしても決して快いことではなかった。どうかして勤め口を見つけ様《よう》と、人にも頼み自分でも奔走《ほんそう》しているのだけれど、折柄の不景気で、学歴もなく、手にこれという職があるでもない彼の様な男を、傭《やと》って呉《く》れる店はなかった。尤《もっと》も住み込みなればという口が一軒、あるにはあったのだけれど、それは彼の方から断った。というのは、彼にはどうしても再び住み込みの勤めが出来ない訳《わけ》があったからである。

彦太郎には、幼い時分から寝惚《ねとぼ》ける癖があった。ハッキリした声で寝言を云《い》って、側《そば》にいるものが寝言と知らずに返事をすると、それを受けて又喋《しゃべ》る。そうしていつまでも問答を繰返すのだが、さて、朝になって目が覚めて見ると少しもそれを記憶していないのだ。余りいうことがハッキリしているので、気味が悪い様だと、近所の評判になっていた位である。それが、小学校を出て奉公《ほうこう》をする様になった当時は、一時止《や》んでいたのだけれど、どうしたものか二十歳を越してから又再発して、困ったことには、見る見る病勢が募《つの》って行くのであった。

夜半にムクムクと起上って、その辺を歩き廻る。そんなことはまだお手軽な方だった。ひどい時には、夢中で表の締《しま》りを――それが住み込みで勤めていた木綿問屋のである――その締りを開けて、一町内《ひと》をぐるっと廻って来て、又戸締りをして寝て了《しま》ったことさえあるのだ。

だが、そんな風のこと丈《だ》けなら、気味の悪い奴だ位で済みもしようけれど、最後には、その夢中でさ迷い歩いている間に、他人《ひと》の品物を持って来る様なことが起った。つまり知らず知らずの泥坊なのである。しかも、それが二度三度と繰返されたものだから、いくら夢中の仕草《しぐさ》だとはいえ、泥坊を傭って置く訳には行かぬというので、もうあと三年で、年期を勤め上げ、暖簾《のれん》を分けて貰《もら》えようという惜しい所で、とうとうその木綿問屋をお払《はらい》箱《ばこ》になって了ったのである。

最初、自分が夢遊病者だと分った時、彼はどれ程驚いたことであろう。乏しい小遣銭《こづかいせん》をはたいて、医者にもみて貰った。色々の医学の書物を買込んで、自己療法もやって見た。或《あるい》は神仏を念じて、大好物の餅《もち》を断《た》って病気平癒《へいゆ》の祈願をさえした。だが、彼のいまわしい悪癖はどうしても治らぬ。いや治らぬどころではない、日にまし重くなって行くのだ。そして、遂には、あの思出してもゾッとする夢中の犯罪、あああ、俺《おれ》は何という因果な男だろう。彼はただもう、身の不幸を歎《なげ》く外《ほか》はないのである。

今までの所では幸《さいわい》に、法律上の罪人となることだけは免《まぬが》れて来た。だが、この先どんなことで、もっとひどい罪を犯すまいものでもない。いや、ひょっとしたら、夢中で人を殺す様なことさえ、起らないとは限らぬのだ。

本を見ても、人に聞いても、夢遊病者の殺人というのは間々《まま》ある事らしい。まだ木綿問屋にいた頃、飯炊《めした》きの爺《じい》さんが、若い時分在所《ざいしょ》にあった事実談だといって、気味の悪い話をしたのを、彼はよく覚えている。それは、村でも評判の貞女《ていじょ》だったある女が、寝惚けて、野らで使う草刈鎌《くさかりがま》をふるってその亭主を殺して了ったというのである。

それを考えると、彼はもう夜というものが怖くて仕様がないのだ。そして、普通の人には一日の疲れを休める安息の床《とこ》が、彼丈《だけ》には、まるで地獄の様にも思われるのだ。尤も家へ帰ってからは、一寸《ちょっと》発作がやんでいる様だけれど、そんなことで決して安心は出来ないのだ。そこで、彼は、住み込みの勤めなど、どうしてどうして二度とやる気はしないのである。

ところが、彼の父親にして見ると、折角《せっかく》勤め口が見つかったのを、何の理由もなく断って了う彼のやり方を、甚《はなは》だ心得難《こころえがた》く思うのである。というのは、父親はまだ、大きくなってから再発した彼の病気について、何も知らないからで、息子がどういう過失《あやまち》で木綿問屋をやめさせられたか、それさえ実はハッキリしない位なのだ。

ある日、一台の車がM伯爵の門長屋へ這入《はい》って来て、三畳と四畳半二間切りの狭苦しい父親の住居《すまい》の前に梶棒《かじぼう》を卸《おろ》した。その車の上から息子の彦太郎が妙にニヤニヤ笑いながら行李《こうり》を下げて降りて来たのである。父親は驚いて、どうしたのだと聞くと、彼はただフフンと鼻の先で笑って見せて、少し面目《めんぼく》ないことがあったものだからと答えたばかりだった。

其《その》翌日、木綿問屋の主人から一片の書状が届いて、そこには、今度都合により一時御子息を引取って貰うことにした。が、決して御子息に落度があった訳ではないからという様な、こうした場合の極《き》まり切った文句が記《しる》されていた。

そこで、父親は、これはてっきり、彼が茶屋酒《ちゃやざけ》でも飲み覚えて、店の金を使い込みでもしたのだろうと早合点《はやがってん》をして了ったのである。そして、暇さえあれば彼を前に坐らせて、この柔弱者奴《にゅうじゃくものめ》がという様な、昔気質《むかしかたぎ》な調子で意見を加えるのだった。

彦太郎が、最初帰って来た時に、実はこうこうだと云って了えば訳もなく済んだのであろうが、それを云いそびれて了った所へ、父親に変な誤解をされてお談義まで聞かされては、彼の癖として、もうどんなことがあっても真実を打開《うちあ》ける気がしないのであった。

彼の母親は三年あとになくなり、他に兄弟とてもない、ほんとうに親一人子一人の間《あいだ》柄《がら》であったが、そういう間柄であればある程、あの妙な肉親憎悪とでもいう様な感情の為に、お互《たがい》に何となく隔意《かくい》を感じ合っていた。彼が依怙地《いこじ》に病気のことを隠していたのも、一つはこういう感情に妨げられたからであった。尤も一方では、二十三歳の彼には、それを打開けるのが此上《このうえ》もなく気恥しかったからでもあるけれど。そこへ持って来て、彼が折角《さまた》の勤め口を断って了ったものだから、父親の方では益々《ますます》立腹する。それが彦太郎にも反映して、彼の方でも妙にいらいらして来る。という訳で、近頃ではお互に口を利けば、すぐにもう喧嘩腰《けんかごし》になり、そうでなければ、何時間でも黙って睨《にら》み合っているという有様であった。今日も亦《また》それである。

二三日雨が降り続いたので、彦太郎は、日課の様にしていた散歩にも出られず、近所の貸本屋から借りて来た講談本も読み尽して了い、どうにも身の置き所もない様な気持になって、ボンヤリと父親の小さな机の前に坐っていた。

四畳半と三畳の狭い家が、畳から壁から天井から、どこからどこまでジメジメと湿って、すぐに父親を聯想《れんそう》する様な一種の臭気がむっと鼻を突く。それに、八月のさ中のことで、雨が降ってはいても耐《たま》らなく蒸し暑いのである。

「エッ、死んじまえ、死んじまえ、死んじまえ……」

彼はそこにあった、鉛の屑《くず》を叩き固めた様な重い不恰好《ぶかっこう》な文鎮《ぶんちん》で、机の上を滅多《めった》無性《むしょう》に叩きつけながら、やけくその様にそんなことを怒鳴《どな》ったりした。そうかと思うと又、長い間黙りこくって考え込んでいることもあった。そんな時、彼はきっと十万円の夢を見ているのである。

「あああ、十万円ほしいな。そうすれば働かなくってもいいのだ。利子で十分生活が出来るのだ、俺の病気だって、いい医者にかかって、金をうんとかけたら、治らないものでもないのだ。親父《おやじ》にしてもそうだ。あの年になって、みじめな労働をすることはいらないのだ。それもこれも、みんな金だ、金だ。十万円ありさえすればいいのだ。こうっと、十万円だから、銀行の利子が六分として、年に六千円、月に五百円か、すてきだな……」

すると彼の頭に、いつか木綿問屋の番頭さんに連れられて行ったお茶屋の光景が浮ぶのである。そして、その時彼の側《そば》に坐った眉の濃い一人の芸妓《げいしゃ》の姿や、その声音《こわね》や、いろいろの艶《なまめか》しい仕草《しぐさ》が、浮ぶのである。

「ところで、何《な》んだっけ。ああそうそう十万円だな。だが一体全体そんな金がどこにあるのだ。エッくそ、死んじまえ、死んじまえ、死んじまえ……」

そして、又してもゴッンゴッンと、文鎮で机の上を殴《なぐ》るのである。

彼がそんなことを繰返している所へ、いつの間にか電燈がついて、父親が帰って来た。

「今帰ったよ。やれやれよく降ることだ」

近頃では、その声を聞くと彼はゾーッと寒気を感じるのだ。

父親は雨で汚れた靴の始末をして了うと、やれやれという恰好で四畳半の貧弱な長火鉢《ながひばち》の前に坐って、濡れた紺の詰襟《つめえり》の上衣《うわぎ》を脱いで、クレップシャツ一枚になり、ズボンのポケットから取出した、真鍮《しんちゆう》のなたまめ煙管《ぎせる》で、まず一服するのであった。

「彦太郎、何か煮て置いたかい」

彼は父親から炊事係を命ぜられていたのだけれど、殆《ほとん》どそれを実行しないのだった。朝などでも、父親がブツブツ云いながら、自分で釜の下を焚《た》きつける日が多かった。今日とても、無論《むろん》何の用意もしてないのである。オヤオヤ湯も沸いていないじゃないか。身体《からだ》を拭くことも出来やしない。

「オイ、なぜ黙っとるんだ。」

何といって見ても、彦太郎が黙っていて答えないので、父親は仕方なく、よっこらしょと立上って、勝手許《もと》へ下りて、ゴソゴソと夕餉《ゆうげ》の支度《したく》にとりかかるのであった。

その気配を感じながら、じっと机の前の壁を見つめている彦太郎の胸の中《なか》は、憎しみとも悲しみとも、何とも形容の出来ない感情の為に、煮え返るのである。天気のよい日なれば、こういう時には、何も云わずにプイと外へ出て、その辺を足にまかせて歩き廻るのだけれど、今日はそれも出来ないので、いつまでもいつまでも、雨もりで汚れた壁と睨めっくらをしている外《ほか》はない。

やがて、鮭《さけ》の焼いたので貧しい膳立《ぜんだ》てをした父親が、それ丈けが楽しみの晩酌《ばんしゃく》にと取りかかるのである。そして、一本の徳利《とくり》を半分もあけた頃になると、ボツボツと元気が出て、さて、お極《きま》りのお談義が始まるのだ。

「彦太郎、一寸ここへお出で《い》、……どういう訳で、お前は俺のいうことに返事が出来ないのだ。ここへ来いといったら来るがいいじゃないか」

そこで、彼は仕方なく机の前に坐ったまま、向き丈けを換えて、始めて父親の方を見るのだが、そこには、頭の禿《はげ》と、顔の皺《しわ》とを除くと、彼自身とそっくりの顔が、酒の為に赤くなって、ドロンとした目を見はっているのである。

「お前は毎日そうしてゴロゴロしていて、一体恥しくないのか……」と、それから長々とよその息子の例話などがあって、さて「俺はな、お前に養って呉れとは云わない。ただ、この老耄《おいぼれ》の脛嚙《すねかじ》りをして、ゴロゴロしていることだけは、頼むから止《や》めてくれ、どうだ分ったか。分ったのか分らないのか」

「分ってますよ」すると彦太郎がひどい剣幕で答えるのだ。「だから、一生懸命就職口を探しているのです。探してもなければ仕方がないじゃありませんか」

「ないことはあるまい。此間《このあいだ》××さんが話して下すった口を、お前はなぜ断って了ったのだい。俺にはどうもお前のやることはさっぱり分らない」

「あれは住み込みだから、厭《いや》だと云ったじゃありませんか」

「住み込みが何故《なぜ》いけないのだ。通勤だって住み込みだって、別に変りはない筈《はず》だ」

「………」

「そんな贅沢《ぜいたく》がいえた義理だと思うか。先《せん》のお店《たな》をしくじったのは何が為だ。みんなその我儘《わがまま》からだぞ。お前は自分ではなかなか一人前の積《つも》りかも知れないが、どうして、まだまだ何も分りゃしないのだ。人様が勧めて下さる所へハイハイと云って行けばいいのだ」

「そんなことを云ったって、もう断って了ったものを、今更《いまさ》ら仕様がないじゃありませんか」

「だから、だからお前は生意気だと云うのだ、一体あれを、俺に一言《いちごん》の相談もしないで、断ったのは誰だ。自分で断って置いて、今更ら仕様がないとは、何ということだ」

「じゃあ、どうすればいいのです。……そんなに僕がお邪魔になるのだったら、出て行けばいいのでしょう。エエ、明日《あす》からでも出て行きますよ」

「バ、馬鹿ッ。それが親に対する言草《いいぐさ》か」

やにわに父親の手が前の徳利にかかると、彦太郎の眉間《みけん》めがけて飛んで来る。

「何をするのです」

そう叫ぶが早いか、今度は彼の方から父親に武者《むしゃ》ぶりついて行く。狂気の沙汰《さた》である。そこで世にもあさましい親と子のとっ組合いが始まるのだ。だが、これは何も今夜に限ったことではない。もう此頃《このごろ》では毎晩の様に繰返される日課の一つなのである。

そうして、とっ組合っている内に、いつも彦太郎の方が耐《たま》りかねた様に、ワッとばかりに泣き出す。……何が悲しいのだ。何ということもなく凡《すべ》てが悲しいのだ。詰襟の洋服を着て働いている五十歳の父親も、その父親の家《うち》でゴロゴロしている自分自身も、三畳と四畳半の乞食小屋の様な家も、何もかも悲しいのだ。……………………

そして、それからどんなことがあったか。

父親が火鉢の抽斗《ひきだし》から湯札を出して、銭湯へ出掛けた様子だった。暫くたって帰って来ると、彼の御機嫌をとる様に、

「すっかり晴れたよ。オイ、もう寝たのか、いい月だ、庭へ出て見ないか」

などといっていた。そして自分は縁側《えんがわ》から庭へ下りて行った。その間中、彦太郎は四畳半の壁の側へ俯伏《うつぷ》して、泣き出した時のままの姿勢で、身動きもしないでいた。蚊帳《かや》もつらないで全身を蚊の食うに任せ、ふてくされた女房の様に、棄鉢《すてばち》に、口癖の「死んじまえ。死んじまえ」を念仏みたいに頭の中で繰返していた。そして、何時《いつ》の間にか寝入って了ったのである。

それからどんなことがあったか。

その翌朝、開けはなした縁側からさし込む、まばゆい日光の為に、早くから目を覚した彦太郎は、部屋の中がいやにガランとして、昨夜のまま蚊帳も吊ってなければ床《とこ》も敷いてないのを発見した。

さてはもう父親は出勤したのかと、柱時計を見ると、まだやっと六時を廻ったばかりだ。何となく変な感じである。そこで、睡《ねむ》い目をこすりながら、ふと庭の方を見ると、これはどうしたというのであろう。父親がそこの籐椅子《とういす》に凭《もた》れ込んで、ぐったりとしているではないか。

まさか睡っているのではあるまい。彦太郎は妙に胸騒ぎを覚えながら、縁側にあった下駄をつっかけると、急いで籐椅子の側へ行って見た。――読者諸君、人間の不幸なんてどんな所にあるか分らないものだ。その時縁側には、二足の下駄があって、彼の穿《は》いたのはその内の朴歯《ほおば》の日和下駄《ひよりげた》であったが、若しそうでなく、もう一つの桐《きり》の地下穿《じかば》きの方を穿いていたなら、或はあんなことにならなくて済んだのかも知れないのだ。――

近づいて見ると、彦太郎の仰天《ぎょうてん》したことは、父親はそこで死んでいたのである。両手を籐椅子の肘かけからダラリと垂らして、腰の所で二つに折れでもした様に身体を曲げて、頭と膝とが殆どくっ着かんばかりである。それ故《ゆえ》、見まいとしても見えるのだが、その後頭部がひどい傷になっている、出血こそしていないけれど、いうまでもなくそれが致命傷に相違ない。

まるで作りつけの人形ででもある様に、じっとしている父親の奇妙な姿を、夏の朝の輝かしい日光が、はれがましく照していた。一匹の虻《あぶ》が鈍い羽音を立てて、死人の頭の上を飛び廻っていた。

彦太郎は、余り突然のことなので、悪夢でも見ているのではないかと、暫くはぼんやりそこに佇《たたず》んでいたが、でも、夢であろう筈もないので、そこで、彼は庭つづきの伯爵邸の玄関へ駈けつけて、折から居合せた一人の書生に事の次第を告げたのである。

伯爵家からの電話によって間もなく警察官の一行がやって来たが、中に警察医も混っていて、先《ま》ず取あえず死体の検診が行われた。その結果、彦太郎の父親は「鈍器による打撃の為に脳震盪《のうしんとう》」を起したもので、絶命したのは昨夜十時前後らしいということが分った。

一方彦太郎は警察署長の前に呼び出されて、色々と取調べを受けた。伯爵家の執事も同様に訊問《じんもん》された。併《しか》し両人とも何等《なんら》警察の参考になる様な事柄は知っていなかったのである。

それから現場の取調べが開始された。署長の外に背広姿の二人の刑事が、色々と議論を戦わせながら、併し如何にも専門家らしくテキパキと調査を進めて行った。彦太郎は伯爵家の召使《めしつかい》達と一緒にぼんやりとその有様を眺めていた。彼は余りのことに思考力を失って了って、その時まで、まだ何事も気附かないでいたのだ。一種の名状しがたい不安に襲われてはいたけれど、併しそれが何故《なにゆえ》の不安であるか、彼は少しも知らなかったのである。

そこは庭とは云っても、彦太郎の家の裏木戸の外《そと》にある方《ほう》四五間の殺風景な空地なので、彦太郎の家と向い合って伯爵家の三階建ての西洋館があり、右手の方は高いコンクリート塀を隔てて往来に面し、左手は伯爵家の玄関に通ずる広い道になっている。その殆ど中央に主家《しゅか》の使いふるしの毀《こわ》れかかった籐椅子が置いてあるのだ。

無論他殺の見込みで取調べが進められた。併し、死体の周囲からは加害者の遺留品らしいものは何も発見されなかった。空地が隅から隅まで捜索せられたけれど、西洋館に沿って植えられた五六本の杉の木を除いては、植木一本、植木鉢一つないガランとした砂地で、石ころ、棒切れ、其他《そのた》兇器に使われ得《う》る様な品物は勿論《もちろん》、疑うべき何物をも見出すことは出来なかった。

たった一つ、籐椅子から一間ばかりの所にある杉の木の根許《ねもと》の草の間に、一束のダリヤの花が落ちていた外《ほか》には、だが、誰もそんな草花などには気がつかなかった。或は、仮令《たとい》気がついていても特別の注意を払わなかった。彼等はもっと外のもの、例えば一筋の手拭《てぬぐい》とか、一個の財布とか、所謂《いわゆる》遺留品らしいものを探していたのである。

結局唯一の手掛りは足跡だった。幸なことには降りつづいた雨の為に、地面が滑かになっていて、前夜雨が上ってからの足跡だけがハッキリと残っているのだ。とは云《い》え今朝からもう沢山《たくさん》の人が歩いているので、それを一々検《しら》べ上げるのは随分《ずいぶん》骨の折れる仕事ではあったが、これは誰の足跡、あれは誰の足跡と丹念にあてはめて行くと、案《あん》の定《じょう》、あとに一つ丈け主のない足跡が残ったのである。

それは幅の広い地下穿きらしいもので、その辺をやたらに歩き廻ったと見えて、縦横無尽《じゅうおうむじん》の跡がついている。そこで、刑事の一人がそれを追って行って見ると、不思議なことには、足跡は彦太郎の家の縁側から発して、又そこへ帰っていることが分った。そして、縁側の型ばかりの沓脱石《くつぬぎいし》の上に、その足跡にピッタリ一致する古い桐の地下穿きがチャンと脱いであったのである。

最初刑事が足跡を検べ始めた頃に、彦太郎はもうその桐の古下駄に気がついていた。彼は父親の死体を発見してから一度も家の中へ這入ったことはないのだから、その足跡は昨夜ついたものに相違ないが、とすると、一体何人《なんぴと》がその下駄を穿いたのであろうか。……

そこで、彼はやっとある事を思当ったのである。彼はハッと昏倒《こんとう》し相《そう》になるのをやっと耐《こら》えることが出来た。頭の中でドロドロした液体が渦巻の様に回転し始めた。レンズの焦点が狂った様に、周囲の景色がスーッと目の前からぼやけて行った。そして、そのあとへ、あの机の上の重い文鎮をふり上げて、父親の脳天を叩きつけようとしている、自分自身の恐ろしい姿が幻の様に浮んで来た。

「逃げろ、逃げろ、さあ早く逃げるんだ」

何者とも知れず、彼の耳の側で慌《あわただ》しく叫び続けた。

彼は一生懸命で何気ない風を装いながら、伯爵家の召使達の群から少しずつ少しずつ離れて行った。それが彼にとってどれ程の努力であったか。今にも「待てッ」と呼び止められ相な気がして、もう生きた心地もないのである。

だが、仕合せなことには、誰もこの彼の不思議な挙動に気付くものもなく、無事に家の蔭まで辿《たど》りつくことが出来た。そこから彼は一息に門の所へ駈けつけた。見ると門前に一台の警察用の自転車が立てかけてある。彼はいきなりそれに飛び乗って、行手も定めず、無我夢中でペタルを踏んだ。

両側の家並《やなみ》がスーッスーッと背後へ飛んで行った。幾度《いくたび》となく往来の人に突きあたって顚覆《てんぷく》し相になった。それを危《あやう》く避けては走った。今何という町を走っているのか無論そんなことは知らなかった。賑かな電車道などへ出そうになると、それをよけて淋しい方へ淋しい方へとハンドルを向けた。

それからどれ程炎天の下を走り続けたことか、彦太郎の気持では十分十里以上も逃げのびたつもりだけれど、東京の町はなかなか尽きなかった。ひょっとすると、彼は同じ所をグルグル廻っていたのかも知れないのだ。そうしている内に、突然パンというひどい音がしたかと思うと、彼の自転車は役に立たなくなって了った。

彼は自転車を捨てて走り出した。白絣《しろがすり》の着物が、汗の為に、水にでも漬けた様にビッショリ濡れていた。足は棒の様に無感覚になって、一寸した障礙物《しょうがいぶつ》にでも、つまずいては倒れた。

心臓が胸の中で狂気の様に躍《おど》り廻っていた。咽喉《のど》はカラカラに渇いて、ヒューヒューと喘息病《ぜんそくや》みみたいな音を立てた。彼はもう、何の為に走らねばならぬのか、最初の目的を忘れて了っていた。ただ目の前に浮んで来る世にも恐しい親殺しの幻影が彼を走らせた。そして、一町、二町、三町、彼は酔っぱらいの様な恰好で、倒れては起き上り、倒れては又起き上って走った。が、その痛ましい努力も長くは続かなかった。やがて彼は倒れたまま動かなくなった。汗と埃《ほこり》にまみれた彼の身体を、真夏の日光がジリジリと照りつけていた。

暫くして、通行人の知らせで駈けつけた警官が、彼の肩を摑《つか》んで引起そうとした時に、彼は一寸ふり離して逃げ出す恰好をしたが、それが最後だった。彼はそうして警官の腕に抱かれたまま息を引きとったのである。

その間に、伯爵邸の父親の死骸の側では何事が起っていたか。

警官達が彦太郎の逃亡に気付いたのは、彼が半里《はんみち》も逃げ延びている時分であった。署長は、もう追っかけても駄目だと悟ると、猶予なく伯爵家の電話を借りて、その旨を本署に伝え、彦太郎逮捕の手配《てくばり》を命じた。そうして置いて、彼等は猶《なお》も現場《げんじよう》の調査を続け、旁々《かたがた》検事の来着を待つことにしたのである。

無論彼等は彦太郎が下手人《げしゆにん》だと信じた。現場に残された唯一の手掛りである桐の下駄が、彦太郎の家の縁側から発見されたこと、その下駄の主と見做《みな》すべき彦太郎が逃亡したこと、この二つの動かし難い事実が彼の有罪を証拠立てていた。

ただ、彦太郎が何故に真実の父親を殺害したか、そして又、下手人である彼が、なぜ警官が出張するまで逃亡を躊躇《ちゆうちよ》していたかという二点が、疑問として残されていたけれど、それもいずれ彼を逮捕して見れば分ることなのである。ところが、そうして事件が一段落をつげたかと見えた時に、実に意外なことが起った。

「その人を殺したのは、私です。私です」

伯爵邸の方から一人の真蒼《まつさお》な顔をした男が、署長の所へ走って来て、いきなりこんなことを云い出したのである。その男はまるで熱病患者の様に、「私です私です」とそればかりを繰返すのだ。

署長を始め刑事達は、あっけにとられて、不思議な闖入者《ちんにゆうしや》の姿を眺めた。そんなことがあり得るだろうか。まさか、この男が彦太郎の家にあった桐の下駄を穿いたとも思われぬ。そうだとすると、少しも足跡を残さないで、どうして殺人罪を犯すことが出来たのであろうか。そこで、彼等は兎《と》も角《かく》、男の陳述を聞いて見ることにした。

それは実に意外な事実であった。警察始まって以来の記録《レコード》といっても差支《さしつかえ》ない程、不思議千万な事実であった。さて、その男（それは伯爵家の書生の一人であった）の告白した所はこうなのである。

昨日《きのう》、伯爵邸に数人の来客があって、西洋館三階の大広間で晩餐《ばんさん》が供せられた。それが終って客の帰ったのが丁度九時頃であった。彼はそこのあと片付けを命ぜられて、部屋の中をあちこちしながら働いていたが、ふと絨氈《もうせん》の端につまずいて倒れた。そのはずみに部屋の隅に置いてあった花瓶《かびん》を置く為の高い台を倒し、台の上の品物が、開けはなしてあった窓から飛び出したのである。

その品物が若し花瓶であったら、こんな間違いは起らなかったのであろうが、それは、花瓶の台にはのっていたけれど、花瓶ではなくて、五六時間もたてば跡方《あとかた》もなく融《と》けてなくなって了う氷の塊《かたまり》だったのである。装飾用の花氷《はなごおり》だったのである。水を受ける為の装置は台に取りつけてあったので、上の氷丈けが落ちたのだ。無論それは昼間からその部屋に飾ってあったのだから、大部分解けて了って、殆ど心《しん》丈けが残っていたのだけれど、でも老人に脳震盪を起させるには十分だったと見える。

彼は驚いて窓から下を覗いて見た。そして、月あかりでそこに小使の老人が死んでいるのを知った時、どんなに仰天したか。仮令過《あやま》ちからとはいえ俺は人殺しをやって了ったのだ。そう思うともうじっとしていられない。皆《みんな》に知らせようか、どうしようか、とつおいつ思案をしている中《うち》に時間が経《た》つ、若しこのまま明日の朝まで知れずにいたら、どうなるだろう。ふと彼はそんなことを考えて見た。

いうまでもなく、氷は解けて了うのだ。中のダリヤの花丈けは残っているだろうけれど、ひょっとしたら、気付かれずに済むかも知れない。それとも今から氷のかけらを拾いに行こうか。いやいや、そんなことをして若し見つかったら、それこそ罪人にされて了う。彼は床へ這入っても一晩中まんじりともしなかった。

ところが朝になって見ると、事件は意外な方向に進んで行った。朋輩《ほうばい》から詳しい様子を聞いて、一時はこいつはうまく行ったと喜んだものの、流石《さすが》に善人の彼はそうしてじっとしていることは出来なかった、自分の代りに一人の男が恐しい罪名を着せられているかと思うと、余りに空恐しかった。それに又、そうして一時は免れることが出来てもいずれ真実が暴露する時が来るに相違なかった。そこで彼は今は意を決して署長の所へやって来た。という訳であった。

これを聞いた人々は、余りに意外な、そして又余りにあっけない事実に、暫くはただ顔を見合せているばかりであった。

それにしても彦太郎は早まったことをしたものである。その時は彼が逃亡してからまだ三十分も経っていないのだった。それとも又、彼が、いや彼でなくとも、刑事なり伯爵家の人達なりが、あの杉の根許に落ちていた一束のダリヤの花にもっとよく注意したならば、そしてその意味を悟ることが出来たならば、彦太郎は決して死ななくとも済んだのである。

「併しおかしいねえ」暫くしてから警察署長が妙な顔をして云った。「この足跡はどうしたというのだろう。それから、死人の息子はなぜ逃亡したのだろう」

「分りましたよ、分りました」丁度この時問題の桐の下駄を穿き試みていた一人の刑事がそれに答えて叫んだ。「足跡はなんでもないのです。この下駄を穿いて見ると分りますがね。割れているのですよ。見た所別状ない様ですけれど、穿いて見ると真中からひび割れていることが分るのです。もう一寸で離れて了い相です。誰だってこんな下駄を穿いているのは気持がよくありませんからな。きっと被害者が庭を歩いている内にそれに気づいて穿き換えたのですよ」

若しこの刑事の想像が当っているとすると、彼等は今まで被害者自身の足跡を見て騒いでいた訳である。何という皮肉な間違いであろう。多分それは、殺人が行われたからには犯人の足跡がなければならぬという尤もな理窟が彼等を迷わしたのではあろうけれど。

その翌々日、M伯爵家の門を二つの棺《かん》が出た。いうまでもなく、不幸なる夢遊病者彦太郎とその父親を納めたものである。噂《うわさ》を聞いた世間の人達は、だれもかれも、彼等親子の変死を気の毒がらぬものはなかった。だが、あの時彦太郎がなぜ逃亡を試みたかと云う点だけは、永久に解くことの出来ない謎として残されていた。

双生児

——ある死刑囚が教誨師にうちあけた話——

先生、今日こそは御話することに決心しました。私の死刑の日も段々近づいて来ます。早く心にあることを喋《しゃべ》って了《しま》って、せめて死ぬ迄《まで》の数日を安らかに送り度《た》いと思います。どうか、御迷惑でしょうけれど、暫《しば》らくこの哀れな死刑囚の為に時間を御割き下さい。

先生も御承知の様に、私は一人の男を殺して、その男の金庫から三万円の金を盗んだ廉《かど》によって死刑の宣告を受けたのです。誰もそれ以上に私を疑うものはありません。私は事実、それ丈けの罪を犯しているのではありますし、死刑と極《きま》って了った今更ら、もう一つのもっと重大な犯罪について、態々《わざわざ》白状する必要は少しもないのです。仮令《たとい》それが知られているものよりも幾層倍重い大罪であったところで、極刑を宣告せられている私に、それ以上の刑罰の方法がある訳もないのですから。

いや必要がないばかりではありません。仮令死んで行く身にも、出来る丈け悪名を少くしたいという、虚栄心に似たものがあります。それにこればかりはどんなことがあっても、私は妻に知らせ度くない理由があるのです。その為に私はどれ程要らぬ苦労をしたことでしょう。その事丈けを隠して置いたとて、どうせ死刑は免れぬと判っていますのに、法廷の厳しい御検べにも、私は口まで出かかったのを圧えつける様にして、それ丈けは白状しませんでした。

　ところが、私は今、それを先生のお口から私の妻に詳敷《くわし》く御伝えが願い度いと思っているのです。どんな悪人でも、死期が近づくと善人に帰るのかも知れません。そのもう一つの罪を白状しないで死んで了っては、余りに私の妻が可哀相に思えるのです。それともう一つは、私は私に殺された男の執念が恐ろしくてたまらないのです。いいえ、金を盗む時に殺した男ではありません。それはもう白状して了ったことですし、大して気がかりになりませんが、私はそれよりも以前に、もう一人殺人罪を犯していたのです。そして、その男の事を考えるとたまらないのです。

　それは私の兄でした。兄といっても普通の兄ではありません。私は双生児《ふたご》の一方として生れましたので、私の殺した男というのは、名前は兄ですが、私と同時に、母の胎内から生れ出た、ふたごの片割れだったのです。

　彼は夜となく昼となく私を責めに来ます。夢の中では、彼は私の胸に千鈞《せんきん》の重さでのしかかって私の喉《のど》を絞めつけます。昼は昼で、そこの壁に姿を現わして何とも云《い》えぬ目つきで私を睨んだり、あの窓から首を出していやらしい冷笑を浴せたりします。そして、もっといけないことは、ふたごの片割れであった彼が、顔から形から私と寸分違わなかった点です。彼は私がここへ入らぬ前から、そうです、私が彼を殺した翌日から、もう私の前にその姿を現わし始めました。考えて見れば、私が第二の殺人を犯したのも、あんなにも企《たく》らんだその殺人罪が発覚したのも、凡《すべ》て彼の執念のさせた業《わざ》かも知れません。

私は彼を殺した翌日から鏡を恐れる様になりました。鏡ばかりではありません。物の姿の映るあらゆるものを恐れる様になりました。私は家《うち》の中の鏡其他のガラス類を一切取去って了いました。併《しか》し、そんなことが何の役に立ちましょう。都会の町には軒《のき》なみにショー・ウィンドウがあり、その奥には鏡が光っています。見まいとすればする程、そこへ私の目は引《ひき》つけられるのです。そして、それらのガラスや鏡の中には、私に殺された男が——それは実は私自身の影なのですが——私の方をいやあな目つきで睨んでいるのです。ある時などは、一軒の鏡屋の前で、私は危く卒倒しかけたことがあります。そこには、無数の同じ男が、私の殺した男が、千の目を私の方へ集中していたのです。

併し、そんな幻に悩まされながらも、私は決してへこたれませんでした。この明晰な頭で考えに考え抜いてやったことが、どうして発覚するものかという、自惚《うぬぼ》れすぎた自信が、私を大胆にしました。そして、罪に罪を重ねて行く為に、一秒間も気を許すことの出来ない忙しさが、外のことを考える余地を与えませんでした。が、一度こうして罪人となっては、もう駄目です。彼の幽霊は、この何の心をまぎらすものもない、単調な牢獄生活をもっけの幸にして、私の心を占領して了いました。殊に死刑と極ってからはなお更それがひどいのです。

ここには鏡というものがありませんけれど、洗面や入浴の折、その水面に、彼は私自身の影となって現われました。食事の時の味噌汁にさえ、彼はそのやつれた顔を浮べます。その外、食器の面だとか室内の光った金具の表面だとか、いやしくも物の影の映る所には、きっと或は大きく、或は小さく、その姿を現わします。あの、窓から差込む僅かの日光によって、照し出された私自身の影にさえ、私はおびやかされました。そして、おしまいには、何ということでしょう。私は私自身の肉体を見ることを恐れる様になったのです。死んだ男と寸分違わない、一筋の皺《しわ》のより方まで同じな、この私の肉体が恐ろしくなり始めたのです。

この苦しみを続ける程なら、一層死んで了った方がましです。死刑なんてちっとも怖くはありません。私は寧《むし》ろ死刑の日の一日も早いことを望んでいる位です。併し、このまま黙って死ぬのは不安です。死ぬ前に彼の許しを得て置かねばなりません。というよりは、彼の幻を恐れなければならぬ様な、私の心の不安を除きたいと思うのです。……その方法は唯一つです。私の罪状を私の妻に告白することです。同時に世間の人達にもそれを知って貰《もら》うことです。

先生、どうかこれから申上げます私の懺悔話《ざんげばなし》を御聞取の上、裁判官の方々に御伝え下さい。そして、あつかましい御願ですが、それを私の妻にも話してやると約束して下さる訳には行きませんでしょうか。アア、有難う。ようこそ御承諾下さいました。では、私のそのもう一つの罪状を、これから御話することにします。

私は先にも申上げました通り、世にも珍らしいふたごの一方として生れました。私達は、私の股《もも》にある一つの黒子《ほくろ》を除いては——それを、私達の両親は兄弟を見分ける唯一の目印にしていました——まるで同じ鋳型で作られでもした様に、頭の先から足の先まで、一分一厘違った所がありませんでした。恐らく頭の髪の毛を数えて見たら、何万何千何百何十本と、一本の違いもなかったかも知れません。

そんなにもよく似たふたごに生れたことが私の大罪を犯す根本動機でした。

ある時、私はその私の兄である所の、ふたごの片割れを殺して了おうと決心したのです。と云って、兄に対してそれ程の怨《うら》みがあった訳では決してありません。尤《もっと》も、兄が家督《かとく》相続者として莫大《ばくだい》な財産を受けついだのに反して、私の分け前がそれとは比較にならぬ程僅かであった事や、嘗《かつ》て私の恋人だった女が、唯、兄の方が財産や地位に於《おい》て勝っていたばかりに、親に強《し》いられて、兄の妻となったことなどについて、私は大変うらめしく思っていましたけれど、それらは、兄の罪というよりは、兄にそういう地位を与えた親達の罪でした。怨むなら寧ろ、なくなった親達を怨むべきでした。それに、兄の妻が以前私の恋人であったことなども、兄は少しも知らない様子でした。

ですから、若《も》し私が順調に暮してさえいれば、何事もなかったのでしょうが、悪いことには、私という男は生れつき悪人に出来ていたのか、世間並みの世渡りというものがひどく下手でした。それに、もっといけないのは、私が人生の目標を持たなかったことです。

何でも其日其日を面白可笑《おか》しく暮しさえすればいいのだ。生きているやら死んでいるやら分りもしない明日のことなど考えたって仕様がないという様な、一種のならずものになって了っていたのです。というのが、今云う財産も恋も得られなかったことから、自暴自棄になっていたのですね。で、分け前として貰った金もまたたく間になくして了いました。そういう訳で、私は兄の所へ無心に行くより仕方がないのでした。そして、兄には随分迷惑をかけたものです。併し、それが度重なって来ますと、兄も私の際限のない無心に閉口して、段々私の頼みを聞入れない様になりました。しまいには、どんなに私が頼んでも、お前の身持が直るまではもう断じて補助しないといって、門前払いを食わせさえしました。ある日のこと、私は又もや無心を断られて、兄の家から帰る道で、ふとある恐ろしいことを考えついたのです。

その考えが初め胸に浮んだ時、私は思わず身震いしました。そして、その恐ろしい妄想をふるい落して了おうと努力しました。ところが、段々考えている内に、それが必ずしも妄想でないことに気附いたのです。若し非常な決心と綿密な注意とを以て、それを実行しさえすれば、少しの危険もなく、財産と恋とを得ることが出来るのではないかと思う様になりました。私は数日の間、ただそのことばかりを考えていました。そして、あらゆる場合を考慮した結果、とうとうその恐ろしい企らみを実行しようと決心したのです。

それは決して兄を怨んだが為ではありませんでした。悪人に生れついた私は、どんな犠《ぎ》牲《せい》を払っても、ただもう、自分の快楽を得たかったのです。併し、悪人でありながら非常な臆病者《おくびょうもの》の私は、そこに少しの危険でも予想されたなら、決してそんな決心をしなかったのでしょうが、私の考えた計画には全く危険がなかったのです。とまあ、信じていたのです。

そこで、いよいよ私は実行にとりかかりました。先ず予備行為として、私は目立たない程度で、しげしげと兄の家に出入りしました。そして、兄と兄嫁との日常行為を詳細に研究しました。どんな些細《ささい》なことでも見逃さないで、例えば、兄は手拭《てぬぐい》を絞る時、右に捩《ねじ》るか左に捩るかという様なことまで、洩《も》れなく調べました。

一ヶ月以上もかかってその研究が完全に終った時、私は少しも疑われない様な口実を設けて、朝鮮へ出稼ぎに行くことを兄に告げました。――お断りして置きますが、私は当時までずっと独身を続けていたのです。で、そうした目論見《もくろみ》がちっとも不自然ではなかったのです――兄は私の真面目な思い立ちを大変喜んで、邪推をすれば、或は厄介払いを喜んだのかも知れませんが、兎《と》も角《かく》、少し纏《まとま》った餞別《せんべつ》を呉《く》れたりしました。

ある日――それは凡《すべ》ての点から私の計画に最も都合のよい日でした――私は兄夫妻に見送られて東京駅から下り列車に乗り込みました。そして汽車が山北駅に着くと、下関《しものせき》まで乗り続ける筈の私は、人目につかぬ様に下車して、少し待合した上、上り列車の三等室へまぎれ込んで東京に引返したのです。

山北駅で汽車を待つ間に、私はそこの便所の中で、私の股《もも》にある、兄と私とを区別する唯一の目印であった所の黒子を、ナイフの先でえぐり取って了いました。こうして置けば兄と私とは全く同じ人間なのです。兄が丁度私の黒子のある箇所へ傷をするということは、あり得ないことでもないのですからね。

東京駅に着いたのは丁度夜明け頃でした。これも、その時間になる様に予め計画して置いたことなのです。私は出発の前に拵《こしら》えて置いた、その頃兄が毎日着ていたふだん着の大島《おおしま》と同じ着物を着て、――勿論《もちろん》、下着も帯も下駄も一切兄のと同じものを用意してあったのです――時間を見計らって兄の家《うち》へ行きました。そして、誰にも見つからない様に注意しながら、裏の板塀を乗り越して、兄の家の広い庭園に忍込みました。まだ早朝の薄暗い時分でしたので、私は家人に発見される心配もなく、庭の一隅にあった一つの古井戸の側まで行くことが出来ました。

この古井戸こそ、私が犯罪を決心するに至った一つの重大な要素だったのです。それはずっと以前から、もう水が枯れて了って廃物になっていたもので、兄は、庭の中にこんな陥穽《かんせい》があるのは危険だからといって、近い内に埋めて了うことにしていました。井戸の側には小山の様に、埋める為の土まで用意され、ただもう庭師の手すきの時に、いつでも仕事にとりかかればいい様になっていました。そして、私は二三日前、その庭師の所へ行って、是非今日――私の忍込んだその日――の朝から仕事を始めて呉れと命じて置いたのです。

私は身をかがめて灌木《かんぼく》の繁みに隠れました。そして、じっと待っていました。毎朝洗面の後で、深呼吸をしながら庭園をぶらつく習慣の兄が、近づいて来るのを今か今かと待っていました。私はもう夢中でした。丁度瘧《おこり》にでも罹《かか》った様に、身体が小刻みに絶えず震えていました。腋の下から冷いものが、タラタラと腕を伝って落ちるのが分りました。その耐え難い時間が、どれ程長く感じられたことでしょう。私の感じでは三時間も待ったと思う頃、漸《ようや》く遠くの方から下駄の音が響いて来ました。私はその音の主が目の前に現われるまでに、幾度逃げ出そうと思ったか知れません。でも僅に残っていた理性がやっと私を踏み止まらせました。

やがて、待ち兼ねた犠牲者が、私の隠れていた繁みのすぐ前までやって来ました。私は矢庭《やにわ》に飛出して、用意の細引《ほそびき》をうしろから、兄の――その私と少しも違わないふたごの片割れ――の首へまきつけると、死もの狂いで締めつけました。兄はしめつけられながらも、敵の正体を見極めようと、首をうしろへ捲《ね》じ向け相《そう》にしました。私は渾身《こんしん》の力でそれを妨《さまた》げましたけれど、瀕死《ひんし》の彼の首は非常に強いゼンマイ仕掛けでもあるかの様に、じりじりと私の方へ捲じ向いて来るのでした。そして、遂に、その真赤にふくれ上った首が――それは私自身のものとちっとも違わないのです――半分程私の方を向くと、白眼になった目の隅で、私の顔を発見して、一刹那ギョッとした様な表情を浮べました。――私はその時の彼の顔は死んでも忘れられないでしょう——が、じきに彼はもがくことを止めて、ぐったりとなって了いました。私は強直して無神経の様になった私の両手を、絞殺《こうさつ》した時の状態から元に戻すのに可成骨折らねばなりませんでした。

それから、私はガクガクする足を踏みしめながら、そこに横《よこたわ》った兄の死体を側の古井戸まで転《ころが》して行き、その底へと押しおとしました。そして、その辺に落ちていた板切れを拾って、側に積んであった土を、兄の死体がかくれるまで、ザラザラと井戸の中へかき落しました。

それは、若し傍観者があったなら、さぞかし奇妙な、白昼悪夢を見る様な光景だったに相違ありません。一人の男が、同じ服装をした、同じからだつきの、顔まで全く同じなもう一人の男を、始めから終りまで一寸も物を云わないで、絞め殺して了ったのですもの。え、そうです、こうして私は兄殺しの大罪を犯したのです。あなたはさぞ、私が何の反省もなく、たった一人の兄弟を殺して了ったことを驚いていらっしゃるでしょう。ご尤《もっと》もです。ですが私に云わせれば、兄弟だったからこそ却って殺す気になったのです。あなたは御経験がおありですかどうですか、人間には肉親憎悪の感情というものがあります。この感情については小説本なぞにもよく書いてありますから、私一人が感じていることではない様ですが、他人に対するどんな憎悪よりももっともっと耐《たま》らない種類のものです。それが、私の様な顔形の全く違わぬ双生児《ふたご》の場合には、もう極度に耐らないのです。外に何の理由がなくても、ただ同じ顔をした肉親であるということ丈けで、十分殺して了い度くなる程なんです。この弱虫の私が、存外平気で兄を殺し得たのは、一つはそういう憎悪の感情があったからなのだと思います。

さて、私は死骸に十分土をかけて了ってからも、じっと其場にしゃがんでいました。そうして三十分も待っていますと、女中が庭師を案内して来ました。私は兄としての初舞台を、多少ビクビクしながらふり向きました。そしてなるべく自然らしく、

「おお、親方か、早いね。今一寸こうして君達の御手伝いをしかけていた所さ。ハハ……。今日一日で大丈夫埋まるだろうね。じゃあどうかよろしく頼みますよ」

といって、ゆっくり立上ると、兄の歩調で部屋へ歩いて行きました。

それからは万事順調に進みました。其日一日、私は兄の書斎にとじ籠《こも》って、兄の日記帳と出納簿とを熱心に研究したものです。――私が朝鮮行きを発表する以前に、あらゆることを調べた内、この二つ丈けが残されていたのです。夜は妻と――昨日までは兄の妻であり、今や私の妻である女と、少しも悟られる心配なく、平常《ふだん》の兄と同じ態度で、面白く談笑しました。そして、その夜更けに、私は大胆にも、妻の寝室へさえ入って行ったのです。併し、それには少し危険を感じました。閨房《けいぼう》に於《お》ける兄の習慣丈けは、私もまるで知らなかったのです。が、私には一つの確信がありました。それは、仮令彼女が事の真相を悟ったとしても、まさか昔の恋人である私を罪人にはしないだろうという自惚れでした。で、

私は何気なく、妻の寝室の襖《ふすま》を明けることが出来ました。そして、何という幸運でしょう、妻は私を少しも悟らなかったのです。こうして私は姦通罪《かんつうざい》さえも犯して了いました。

それから一年の間というものは、世にも幸福な生活が続きました。使うに余る金、昔恋した女、さすが貪婪《どんらん》な私の欲望もその一年間は少しも不足を告げなかったのです。――尤もその間にも、先刻も申上げました、兄の亡霊に丈けは絶えず悩まされていましたけれど――が、一年という月日は、物事に厭《あき》っぽい私には最大限でした。その頃から私は妻に厭き始めたのです。さあ、昔の癖が出て、遊びが始まりました。これでもない、あれでもないと、あらゆる浪費の方法を考えては、金を湯水と使うのですからたまりません。どんな財産だってまたたくひまです、借金の高は見る見る嵩《かさ》んで行きました。そして、どうにも費用の出所がなくなった時、ああ、私は第二の罪を犯し始めたのです。

第二の罪というのは、あの第一の罪から当然生じて来る様な性質のものでした。私は兄を殺すことを、決心した時、既にこういうことを考えていたのです。それは、若し、私自身が完全に兄になりおおせることが出来たならば、昔の私がどんな大罪悪を犯したとて、今は既に兄であるところの私自身には、何の影響もあり得ないという考えでした。云い換えれば、朝鮮へ出発して以来杳《よう》として消息のない、弟としての私が、内地へ帰って来て、人殺しをしようが、強盗を働こうが、それは凡て弟としての私の罪であって、もし捕えられさえしなければ、兄である私には少しの危険もないということなのです。

ところが、私が第一の罪を犯して暫くしてから、私は一つの驚くべき発見をしました。そして、その発見によって、愈々《いよいよ》第二の犯罪の可能性がハッキリして来たのです。

ある日、私は注意深く兄の筆蹟を真似ながら、兄の日記帳へ、兄としての私の、その日の日記を附けていました。これは兄となった私の当然しなければならぬ、面倒な日課の一つでした。日記をつけて了うと、其当座いつもした様に、自分のつけた所と、真実の兄のつけた所とを、あちらこちら見比べていました。すると、ふとある驚くべきものが目に入ったのです。というのは、そこには、真実の兄のつけた部分のある頁《ページ》の隅に、一つの指紋がハッキリと現れていたのです。私はとんでもない手抜《てぬか》りをしていたことに気附いて、思わずギクリとしました。私と兄との唯一の相違点が股の黒子だけだと信じていたのは大変な思い違いだったのです。指紋というものは一人一人皆違うものだ、どんな双生児だって決して指紋丈けは同じでないということを、私はいつか聞いていたのです。で、その日記帳の兄のに相違ない指紋を発見すると、これは指紋からばけの皮が現われやしないかという心配の為に青くなって了いました。

私はソッと拡大鏡を買って来て、日記帳の指紋と、私自身の指紋を別の紙に押したのとを、綿密に比較研究しました。その指紋と私のある指の指紋とは、一寸見ると違わない程よく似ていました。が、筋を一本一本たどって比べて見ますと、確に違っているのです。奇妙なことには、全体としての感じは殆ど同じなのに、さて部分部分になるとまるで違っているのです。私は念の為に、それとなく、妻や女中達の指紋を取って見ましたが、それらは比べるまでもなく、少しも似ていませんでした。そこで、これは兄の指紋だと考える外はありません。それが私の指紋と似ていたのも無理ではありません。私共は似すぎた双生児だったのですもの、仮令僅《わずか》でも違っていたのは、さすがに指紋です。

私はこんなものが他に沢山残っていては大変だと思いましたので、出来る丈け手を尽して探しました。沢山の蔵書を一冊一冊頁をくって調べたり、押入れや戸棚の隅のほこりの中を調べたり、あらゆる指紋の残ってい相な場所を探したのですが、日記の頁の外には一つも発見されませんでした。私は少し安堵して、この日記の頁さえ灰にして了ったら、もう心配することはないと、それをちぎって火鉢の中へ投入れようとしました。と、その時です。ふとインスピレーションの様に――といっても神様のインスピレーションではなくて、多分悪魔のそれだったのでしょう――一つの妙案が浮びました。

若しこの指紋を型にとって置いて、いつか第二の罪を犯す様な場合が生じた時、犯罪の場所に、その型で指紋をつけて置けばどういうことになるだろう。悪魔は私の耳許でそう囁いたのです。

例えば、極端な場合を例に取るならば、私自身が一人の人を殺すとします。私はその場合、先ず朝鮮へ行っていた弟としての私が、内地へ舞い戻って来たと想像して、心持から、身なりから、落魄《らくはく》した弟らしく装います。一方では私は兄としての私の現場不在証明《アリバイ》を拵えて置きます。そして、殺人を犯します。現場に少しも証拠を残さぬ様に注意するのは勿論です。これ丈けで或は十分かも知れません。けれど、若し何かの調子で、兄としての私に疑いがかかった時は危険です。仮令アリバイの用意があったとしても、どうしてそれが暴露しないと保証出来ましょう。

ところで、その場合、若し現場に、この真実の兄の指紋が残っていたとしたらどうでしょう。誰一人以前弟であった時代の私の指紋を記憶しているものはない筈ですから、その指紋が誰のものやら分り相な道理がありません。仮令私の犯行の現場を目撃した人があっても、ただこの指紋の相違が、私を無罪にしてくれるのです。警察は、既に死んだ人の指紋を持った男を、そして、兄としての私の外には、もう此世にいる筈のない弟としての私を、永久に探さねばなりますまい。

私はこのすばらしい考えに有頂天になりました。丁度スティヴンソンの「ジーキル博士とハイド氏」という、あの夢幻的な小説を、現実に実行出来るのです。悪人の私は、このからくりを考え出した時程、幸福を感じたことは、一生を通じて恐らく一度もなかったでしょう。

併し、それを考え出した頃は、私はまだ幸福な生活に浸《ひた》って、悪事を企らもうなどとは考えていませんでした。それを実地に試して見たのは、私が遊びを始めて、借金に苦しみ出してからです。

ある時、この方法で、少し纏まった金を友達の家から盗み出しました。例の指紋をゴム判に作ることは、少し製版の方の経験があった私には、大して骨も折れませんでした。で、それ以来、遊びの金に困る毎にこの手を用いました。そして、一度も少しの疑いさえかけられなかったのです。或る場合は、被害者の方であきらめて警察へ届けなかったり、仮令警察沙汰になっても、指紋の発見まで行かぬ内に有耶無耶《うやむや》に葬られて了ったり、張合《はりあい》のない程楽々と泥棒が成功するのでした。そして調子に乗った私は、最後には、とうとう殺人罪まで犯して了ったのです。

この私の最後の犯罪については、記録もあることでしょうから、ごく簡単に申上げますが、私が例によって重なる借金の為に、少し纏った金の必要に迫られていた時、一人の知合が三万円という大金を、何かの都合で――それは何でも政治上の秘密な運動費かなんかでした――一晩自宅の金庫にしまって置かねばならぬということを、その金庫の前で、本人の口から聞いたのです。借金こそすれ、私はその方の信用は十分ありましたからね。その座には、その家の細君と、私の外に二三の客が居りました。

私は十分、あらゆる事情を調べた上、その夜、弟の変装で、その友人の家へ忍び込みました。一方兄としての私のアリバイを拵えて置いたのは勿論です。私は金庫のある部屋まで、何なく忍んで行くことが出来ました。そして、手袋をはめた手で金庫の扉を開け――永年の友人のことでもあり、金庫の合言葉を知るのは至極容易でした――現金の束を取りだしました。

　すると、その時、今まで消してあった部屋の電燈が突然パッとつきました。驚いてふり向いた私は、そこに金庫の持主が私の方を睨んで突立っているのを発見したのです。……………………もう是《これ》までと思った私は、矢庭に懐の小刀《ナイフ》を抜くと、ぶッつかる様に、その友人の胸を目がけて突進しました。…………………………一瞬間の出来事です。もう彼は私の前に死骸となっていました。私はじっと耳をすましました。幸い誰も起きては来ませんでした。いや、多分知っていても、恐ろしさにすくんでいたのかも知れません。私は手早く、例のゴムで作った指紋を、その辺に流れている血につけると、側の壁にベッタリと押しつけて置いて、その他に何の証拠も残っていないのを見定め、足跡をつけぬ様に注意しながら、大急ぎで逃げ出しました。

　翌日刑事の訪問を受けました。でも、十分自信のあった私は、少しも驚きませんでした。刑事は如何にも申訳ないという様に、丁寧な言葉で、殺された友人の金庫に大金のあることを知っていたと思われる人々を、一人一人訪問したこと、現場に一つの指紋が残っていて、調べて見ても前科者の指紋の中にはそれと一致するのがないこと、で、御迷惑でしょうけれど、私にも、故人の御友達として、金庫に大金のあるのを知っていらしった一人として、一つ指紋をとらせてほしいことなどを述べるのでした。私は腹の中で嘲笑いながら、如何にも友人の死をいたむ様な調子で何かと質問しながら、指紋を取らせました。

ことだろう」

「刑事先生、一生かかったって、知れっこない指紋の持主を、今頃はさぞ探し廻っている

思わぬ大金の入った私は、その事については、それ以上考え様ともしないで、早速車を命じて、いつもの遊び場所へ出かけたことです。

それから二三日して、私は再び同じ刑事の訪問を受けました。――その刑事が警視庁でも名うての名探偵だったことは後になって知ったのです――私は何気なく応接間へ入って行きました。が、そこに立っていた刑事の目に微笑の影を認めた時、ある叫びに近い様な唸り声が、私の喉をついて迸《ほとばし》りました。刑事は非常に落ちついた様子で、テーブルの上に一枚の紙片《かみきれ》を置きました。逆上していた私はその時はよく分りませんでしたが、後になって考えて見れば、それは私の拘引状《こういんじょう》だったのです。私がその紙片の方を一寸見てる間に、刑事はす早く私に近寄ると、私の両手に縄をかけて了いました。見れば入口の外には一人の巌乗《がんじょう》な巡査が控えているのです。私はもう、どうしようもありませんでした。

そうして、私はとうとう収監された訳ですが、収監されながらも、愚な私はまだまだ安心していました。どうしたって私が殺したという証拠の上り相な道理がないと確信していました。が、どうでしょう。私は予審判事の前に引出されて、私の罪状を告げられた時、余りの事にアッと開いた口が塞がりませんでした。犯人の私自身が、変てこな笑い方で思わず笑った程も、それは滑稽《こっけい》な間違いでした。

それは私の非常な手抜りには相違なかったのです。が、そんな手抜りをさせたのは誰でしょう。それこそ、私はあの兄の恐ろしい呪《のろい》だと思うのです。彼奴《きやつ》は最初の瞬間からそれを知っていたのです。一つのほんの一寸した誤解に始まって、殺人罪の発覚という戦慄すべき結果を惹起《ひきおこ》すまで、彼奴はだまって見ていたのです。

それにしても、実に馬鹿馬鹿しい程あっけない手抜りでした。私が兄の指紋だと信じ切っていたのは、実は私自身の指紋だったのです。ただ、それがあの日記帳の頁に押されてあったのは、まともな指紋でなくて、一度墨のついた指を何かで拭いて、その後で押されたものだったのです。つまり、指紋の隆起と隆起との間に残っていた墨の跡だったのです。写真で云えばネガチヴの方が写っていたのです。

私は余りにも愚な自分の間違いを、どうにも真実と思うことが出来ませんでした。併しよく聞いて見ますと、私の間違いも決して無理ではなかったのです。検べの時に、予審判事が、問わず語りにこんなことを話されましたっけ。

何でも大正二年のことだそうですが、福岡で、当時収容中の俘虜《ふりよ》の独逸将校の夫人が惨殺されたことがあって、その犯人と目ざす男を逮捕したところ、現場の指紋と犯人の指紋とが、似てはいるのですけれど、どうしても同一とは思われないので、警察でも随分てこずった挙句、ある医学博士の研究を乞うて、やっと同一の指紋だと判ったことがあるのだそうです。それが私の場合と同じで、現場の指紋の方がネガチヴだったのです。その博士はさんざん研究の結果、二つの指紋の拡大写真をとって試みに一方の指紋の黒線を白くし、白線を黒くして見たところが、もう一つの指紋とピッタリ一致したといいます。

これですっかりお話し度い丈けのことは、お話して了いました。面白くもないことに、大変時間をお取らせして済みませんでした。どうか、先程の御約束通り、これを裁判官の方々と私の妻とにお伝え願います。私は御約束を履行《りこう》して頂けるものと安心して死刑台に上ります。では、呉れ呉れも哀れな死刑囚の死に際の御頼みをお聞届け下さいます様に。

赤い部屋

異常な興奮を求めて集った、七人のしかつめらしい男が（私もその中の一人だった）態々其為《わざわざそのため》にしつらえた「赤い部屋」の、緋色《ひいろ》の天鵞絨《びろうど》で張った深い肘掛椅子に凭《もた》れ込んで、今晩の話手が何事か怪異な物語を話し出すのを、今か今かと待構《まちかま》えていた。

七人の真中には、これも緋色の天鵞絨で覆《おお》われた一つの大きな円卓子《まるテーブル》の上に、古風な彫刻のある燭台《しょくだい》にさされた、三挺《さんちょう》の太い蠟燭《ろうそく》がユラユラと幽《かす》かに揺れながら燃えていた。

部屋の四周には、窓や入口のドアさえ残さないで、天井から床まで、真紅《まっか》な重々しい垂絹《たれぎぬ》が豊かな襞《ひだ》を作って懸けられていた。ロマンチックな蠟燭の光が、その静脈から流れ出したばかりの血の様にも、ドス黒い色をした垂絹の表に、我々七人の異様に大きな影法師《かげぼうし》を投げていた。そして、その影法師は、蠟燭の焰につれて、幾つかの巨大な昆虫でもあるかの様に、垂絹の襞の曲線の上を、伸びたり縮んだりしながら這い歩いていた。

いつもながらその部屋は、私を、丁度とほうもなく大きな生物の心臓の中に坐ってでもいる様な気持にした。私にはその心臓が、大きさに相応したのろさを以《もっ》て、ドキンドキンと脈うつ音さえ感じられる様に思えた。

誰も物を云わなかった。私は蠟燭をすかして、向側に腰掛けた人達の赤黒く見える影の多い顔を、何ということなしに見つめていた。それらの顔は、不思議にも、お能の面の様に無表情に微動さえしないかと思われた。

やがて、今晩の話手と定められた新入会員のT氏は、腰掛けたままで、じっと蠟燭の火を見つめながら、次の様に話し始めた。私は、陰影の加減で骸骨の様に見える彼の顎が、物を云う度にガクガクと物淋しく合わさる様子を、奇怪なからくり仕掛けの生人形でも見る様な気持で眺めていた。

私は、自分では確かに正気の積りでいますし、人も亦《また》その様に取扱って呉《く》れていますけれど、真実《まったく》正気なのかどうか分りません。狂人かも知れません。それ程でないとしても、何かの精神病者という様なものかも知れません。兎《と》に角《かく》、私という人間は、不思議な程この世の中がつまらないのです。生きているという事が、もうもう退屈で退屈で仕様がないのです。

初めの間《うち》は、でも、人並みに色々の道楽に耽《ふけ》った時代もありましたけれど、それが何一つ私の生れつきの退屈を慰《なぐさ》めては呉れないで、却《かえ》って、もうこれで世の中の面白いことというものはお仕舞なのか、なあんだつまらないという失望ばかりが残るのでした。で、段々、私は何かをやるのが臆劫《おっくう》になって来ました。例えば、これこれの遊びは面白い、きっとお前を有頂天にして呉れるだろうという様な話を聞かされますと、おお、そんなものがあったのか、では早速やって見ようと乗気になる代りに、まず頭の中でその面白さを色々と想像して見るのです。そして、さんざん想像を廻《めぐ》らした結果は、いつも「なあに大したことはない」とみくびって了《しま》うのです。

そんな風で、一時私は文字通り何もしないで、ただ飯を食ったり、起きたり、寝たりするばかりの日を暮していました。そして、頭の中丈《だ》けで色々な空想を廻らしては、これもつまらない、あれも退屈だと、片端《かたはし》からけなしつけながら、死ぬよりも辛い、それでいて人目には此上《このうえ》もなく安易な生活を送っていました。

これが、私がその日その日のパンに追われる様な境遇だったら、まだよかったのでしょう。仮令《たとえ》強いられた労働にしろ、兎に角何かすることがあれば幸福です。それとも又、私が飛切りの大金持ででもあったら、もっとよかったかも知れません。私はきっと、その大金の力で、歴史上の暴君達がやった様なすばらしい贅沢《ぜいたく》や、血腥《ちなまぐさ》い遊戯や、その他様々の楽しみに耽《ふ》けることが出来たでありましょうが、勿論それもかなわぬ願いだとしますと、私はもう、あのお伽噺《とぎばなし》にある物臭太郎の様に、一層死んで了った方がましな程、淋しくものういその日その日を、ただじっとして暮す他はないのでした。

こんな風に申上げますと、皆さんはきっと「そうだろう、そうだろう、併し世の中の事柄に退屈し切っている点では我々だって決してお前にひけを取りはしないのだ。だからこんなクラブを作って何とかして異常な興奮を求めようとしているのではないか。お前もよくよく退屈なればこそ、今、我々の仲間へ入って来たのであろう。それはもう、お前の退屈していることは、今更ら聞かなくてもよく分っているのだ」とおっしゃるに相違ありません。ほんとうにそうです。私は何もくどくどと退屈の説明をする必要はないのでした。そして、あなた方が、そんな風に退屈がどんなものだかをよく知っていらっしゃると思えばこそ、私は今夜この席に列して、私の変てこな身の上話をお話しようと決心したのでした。

私はこの階下のレストランへはしょっちゅう出入《でいり》していまして、自然ここにいらっしゃる御主人とも御心安く、大分以前からこの「赤い部屋」の会のことを聞知っていたばかりでなく、一再《いっさい》ならず入会することを勧められてさえいました。それにも拘《かかわ》らず、そんな話には一も二もなく飛びつき相《そう》な退屈屋の私が、今日まで入会しなかったのは、私が、失礼な申分かも知れませんけれど、皆さんなどとは比べものにならぬ程退屈し切っていたからです。退屈し過ぎていたからです。

犯罪と探偵の遊戯ですか、降霊術其他《こうれいじゅつそのた》の心霊上の様々の実験ですか、Obscene Pictureの活動写真や実演やその他のセンジュアルな遊戯ですか、刑務所や、瘋癲病院や、解剖学教室などの参観ですか、まだそういうものに幾らかでも興味を持ち得《う》るあなた方は幸福です。私は、皆さんが死刑執行のすき見を企てていられると聞いた時でさえ、少しも驚きはしませんでした。といいますのは、私は御主人からそのお話のあった頃には、もうそういうありふれた刺戟《しげき》には飽き飽きしていたばかりでなく、ある世にもすばらしい遊戯、といっては少し空恐しい気がしますけれど、私にとっては遊戯といってもよい一つの事柄を発見して、その楽しみに夢中になっていたからです。

その遊戯というのは、突然申上げますと、皆さんはびっくりなさるかも知れませんが……、人殺しなんです。ほんとうの殺人なんです。しかも、私はその遊戯を発見してから今日までに百人に近い男や女や子供の命を、ただ退屈をまぎらす目的の為ばかりに、奪って来たのです。あなた方は、では、私が今その恐ろしい罪悪を悔悟《かいご》して、懺悔《ざんげ》話をしようとしているかと早合点なさるかも知れませんが、ところが、決してそうではないのです。私は少しも悔悟なぞしてはいません。犯した罪を恐れてもいません。それどころか、ああ何ということでしょう。私は近頃になってその人殺しという血腥い刺戟にすら、もう飽きあきして了ったのです。そして、今度は他人ではなくて自分自身を殺す様な事柄に、あの阿《ア》片《ヘン》の喫煙に耽り始めたのです。流石《さすが》にこれ丈けは、そんな私にも命は惜しかったと見えまして、我慢に我慢をして来たのですけれど、人殺しさえあきはてては、もう自殺でも目論《もくろ》む外には、刺戟の求め様がないではありませんか。私はやがて程なく、阿片の毒の為に命をとられて了うでしょう。そう思いますと、せめて筋路の通った話の出来る間に、私は誰れかに私のやって来た事を打開けて置き度いのです。それには、この「赤い部屋」の方々が一番ふさわしくはないでしょうか。

そういう訳で、私は実は皆さんのお仲間入りがし度い為ではなくて、ただ私のこの変な身の上話を聞いて貰い度いばかりに、会員の一人に加えて頂いたのです。そして、幸《さき》いにも新入会の者は必ず最初の晩に、何か会の主旨に副《そ》う様なお話をしなければならぬ定めになっていましたのでこうして今晩その私の望みを果す機会をとらえることが出来た次第なのです。

それは今からざっと三年計《ばか》り以前のことでした。その頃は今も申上げました様に、あらゆる刺戟に飽きはてて何の生甲斐もなく、ノラリクラリと日を暮していたのですが、丁度一匹の退屈という名前を持った動物ででもある様に、ノラリクラリと日を暮していたのですが、その年の春、といってもまだ寒い時分でしたから多分二月の終りか三月の始め頃だったのでしょう、ある夜、私は一つの妙な出来事にぶつかったのです。私が百人もの命をとる様になったのは、実にその晩の出来事が動機を為《な》したのでした。

どこかで夜更しをした私は、もう一時頃でしたろうか。少し酔っぱらっていたと思います。寒い夜なのにブラブラと俥《くるま》にも乗らないで家路を辿っていました。もう一つ横町を曲ると一町ばかりで私の家だという、その横町を何気なくヒョイと曲りますと、出会頭《であいがしら》に一人の男が、何か狼狽している様子で慌ててこちらへやって来るのにバッタリぶつかりました。私も驚きましたが男は一層驚いたと見えて暫く黙って衝《つ》っ立っていましたが、おぼろげな街燈の光で私の姿を認めるといきなり「この辺に医者はないか」と尋ねるではありませんか。よく訊《き》いて見ますと、その男は自動車の運転手で、今そこで一人の老人を（こんな夜中に一人でうろついていた所を見ると多分浮浪の徒だったのでしょう）轢倒《ひきたお》して大怪我をさせたというのです。なる程見れば、すぐ二三間向うに一台の自動車が停っていて、その側《そば》に人らしいものが倒れてウーウーと幽《かす》かにうめいています。交番といっても大分遠方ですし、それに負傷者の苦しみがひどいので、運転手は何はさて置き先ず医者を探そうとしたのに相違ありません。

私はその辺の地理は、自宅の近所のことですから、医院の所在などもよく弁《わきま》えていましたので早速こう教えてやりました。

「ここを左の方へ二町ばかり行くと左側に赤い軒燈の点《つ》いた家がある。M医院というのだ。そこへ行って叩き起したらいいだろう」

するとと運転手はすぐ様助手に手伝わせて、負傷者をそのM医院の方へ運んで行きました。私は彼等の後ろ姿が闇の中に消えるまで、それを見送っていましたが、こんなことに係合っていてもつまらないと思いましたので、やがて家に帰って、――私は独り者なんです。――婆《ばあ》やの敷《し》いて呉れた床《とこ》へ這入《はい》って、酔っていたからでしょう、いつになくすぐに眠入《ねい》って了いました。

実際何でもない事です。若《も》し私がその儘《まま》その事件を忘れて了いさえしたら、それっ限《き》りの話だったのです。ところが、翌日眼を醒《さま》した時、私は前夜の一寸《ちよつと》した出来事をまだ覚えていました。そしてあの怪我人は助かったかしらなどと、要もないことまで考え始めたものです。すると、私はふと変なことに気がつきました。

「ヤ、俺は大変な間違いをして了ったぞ」

私はびっくりしました。いくら酒に酔っていたとは云《い》え、決して正気を失っていた訳ではないのに、私としたことが、何と思ってあの怪我人をM医院などへ担ぎ込ませたのでしょう。

「ここを左の方へ二町ばかり行くと左側に赤い軒燈の点いた家がある……」

という其の時の言葉もすっかり覚えています。なぜその代りに、

「ここを右の方へ一町ばかり行くとK病院という外科専門の医者がある」

と云わなかったのでしょう。私の教えたMというのは評判の藪《やぶ》医者で、しかも外科の方は出来るかどうかさえ疑わしかった程なのです。ところがMとは反対の方角でMよりはもっと近い所に、立派に設備の整ったKという外科病院があるではありませんか。無論私はそれをよく知っていた筈《はず》なのです。知っていたのに何故間違ったことを教えたか。その時の不思議な心理状態は、今になってもまだよく分りませんが、恐らく胴忘《どうわす》れとでも云うのでしょうか。

私は少し気懸りになって来たものですから、婆やにそれとなく近所の噂などを探らせて見ますと、どうやら怪我人はM医院の診察室で死んだ塩梅《あんばい》なのです。どこの医者でもそん

な怪我人なんか担ぎ込まれるのは厭《いや》がるものです。まして夜半の一時というのですから、無理もありませんがM医院ではいくら戸を叩いても、何のかんのと云って却々《なかなか》開けて呉れなかったらしいのです。さんざん暇《ひま》どらせた挙句やっと怪我人を担ぎ込んだ時分には、もう余程手遅れになっていたに相違ありません。でも、その時若しM医院の主が「私は専門医でないから、近所のK病院の方へつれて行け」とでも、指図をしたなら、或《あるい》は怪我人は助っていたのかも知れませんが、何という無茶なことでしょう。彼は自からその難しい患者を処理しようとしたらしいのです。そしてしくじったのです、何んでも噂によりますとM氏はうろたえて了って、不当に長い間怪我人をいじくりまわしていたとかいうことです。私はそれを聞いて、何だかこう変な気持になって了いました。

この場合可哀相な老人を殺したものは果して何人《なんぴと》でしょうか。自動車の運転手とM医師とともに、夫々《それぞれ》責任のあることとは云うまでもありません。そしてそこに法律上の処罰があるとすれば、それは恐らく運転手の過失に対して行われるのでしょうが、事実上最も重大な責任者はこの私だったのではありますまいか。若しその際私がM医院でなくてK病院を教えてやったとすれば、少しのへまもなく怪我人は助かったのかも知れないのです。運転手は単に怪我をさせたばかりです。殺した訳ではないのです。M医師は医術上の技倆が劣っていた為にしくじったのですから、これもあながち咎《とが》める所はありません。よし又彼に責を負うべき点があったとしても、その元はと云えば私が不適当なM医院を教えたのが悪いのです。つまり、その時の私の指図次第によって、老人を生かすことも殺すことも出来た訳なのです。それは怪我をさせたのは如何にも運転手でしょう。けれど殺したのはこの私だったのではありますまいか。

　これは私の指図が全く偶然の過失だったと考えた場合ですが、若しそれが過失ではなくて、その老人を殺してやろうという私の故意から出たものだったとしたら、一体どういうことになるのでしょう。いうまでもありません。私は事実上殺人罪を犯したものではありませんか。併《しか》し法律は仮令運転手を罰することはあっても、事実上の殺人者である私というものに対しては、恐らく疑いをかけさえしないでしょう。なぜといって、私と死んだ老人とはまるきり関係のない事がよく分っているのですから。そして仮令疑いをかけられたとしても、私はただ外科医院のあることなど忘れていたと答えさえすればよいではありませんか。それは全然心の中の問題なのです。

　皆さん。皆さんは嘗《か》ってこういう殺人法について考えられたことがおありでしょうか。私はこの自動車事件で始めてそこへ気がついたのですが、考えて見ますと、この世の中は何という険難至極《けんのんしごく》な場所なのでしょう。いつ私の様な男が、何の理由もなく故意に間違った医者を教えたりして、そうでなければ取止めることが出来た命を、不当に失って了う様な目に合うか分ったものではないのです。

　これはその後私が実際やって見て成功したことなのですが、田舎のお婆さんが電車線路を横切ろうと、まさに線路に片足をかけた時に、無論そこには電車ばかりでなく自動車や自転車や馬車や人力車などが織る様に行違っているのですから、そのお婆さんの頭は十分混乱しているに相違ありません。その片足をかけた刹那に、急行電車か何かが疾風《しっぷう》の様にやって来てお婆さんから二三間の所まで迫ったと仮定します。その際、お婆さんがそれに気附かないでそのまま線路を横切って了えば何のことはないのですが、誰かが大きな声で「お婆さん危いッ」と怒鳴りでもしようものなら、忽《たちま》ち慌てて了って、そのまままつき切ろうか、一度後へ引返そうかと、暫《しばら》くまごつくに相違ありません。そして、若しその電車が、余り間近い為に急停車も出来なかったとしますと、「お婆さん危いッ」というたった一言が、そのお婆さんに大怪我をさせ、悪くすれば命までも取って了わないとは限りません。先きも申上げました通り、私はある時この方法で一人の田舎者をまんまと殺して了ったことがありますよ。

（T氏はここで一寸言葉を切って、気味悪く笑った）

この場合「危いッ」と声をかけた私は明かに殺人者です。併し誰が私の殺意を疑いましょう。何の恨《うら》みもない見ず知らずの人間を、ただ殺人の興味の為ばかりに、殺そうとしている男があろうなどと想像する人がありましょうか。それに「危いッ」という注意の言葉は、どんな風に解釈して見たって、好意から出たものとしか考えられないのです。表面上では、死者から感謝されこそすれ決して恨まれる理由がないのです。皆さん、何と安全至極な殺人法ではありませんか。

世の中の人は、悪事は必ず法律に触れ相当の処罰を受けるものだと信じて、愚にも安心し切っています。誰にしたって法律が人殺しを見逃そうなどとは想像もしないのです。ところがどうでしょう。今申上げました二つの実例から類推出来る様な少しも法律に触れる気遣いのない殺人法が考えて見ればいくらもあるではありませんか。私はこの事に気附いた時、世の中というものの恐ろしさに戦慄するよりも、そういう罪悪の余地を残して置いて呉れた造物主の余裕を此上もなく愉快に思いました。ほんとうに私はこの発見に狂喜しました。何とすばらしいではありませんか。この方法によりさえすれば、大正の聖代《せいだい》にこの私丈けは、謂わば斬捨て御免《ごめん》も同様なのです。

そこで私はこの種の人殺しによって、あの死に相な退屈をまぎらすことを思いつきました。絶対に法律に触れない人殺し、どんなシャーロック・ホームズだって見破ることの出来ない人殺し、ああ何という申分のない眠け醒しでしょう。以来私は三年の間というもの、人を殺す楽しみに耽って、いつの間にかさしもの退屈をすっかり忘れはてていました。皆さん笑ってはいけません。私は戦国時代の豪傑の様に、あの百人斬りを、無論文字通り斬る訳ではありませんけれど、百人の命をとるまでは決して中途でこの殺人を止めないことを、私自身に誓ったのです。

今から三月ばかり前です、私は丁度九十九人だけ済ませました。そして、あと一人になった時先にも申上げました通り私はその人殺しにも、もう飽きあきしてしまったのですが、それは兎も角、ではその九十九人をどんな風にして殺したか。勿論九十九人のどの人にも少しだって恨みがあった訳ではなく、ただ人知れぬ方法とその結果に興味を持ってやった仕事ですから、私は一度も同じやり方を繰返す様なことはしませんでした。一人殺したあとでは、今度はどんな新工夫でやっつけようかと、それを考えるのが又一つの楽しみだったのです。

併し、この席で、私のやった九十九の異った殺人法を悉《ことごと》く御話する暇もありませんし、それに、今夜私がここへ参りましたのは、そんな個々の殺人方法を告白する為ではなくて、そうした極悪非道の罪悪を犯してまで、退屈を免れ様とした、そして又、遂にはその罪悪にすら飽きはてて、今度はこの私自身を亡ぼそうとしている、世の常ならぬ私の心持をお話して皆さんの御判断を仰ぎたい為なのですから、その殺人方法については、ほんの二三の実例を申上げるに止めて置き度いと存じます。

この方法を発見して間もなくのことでしたが、こんなこともありました。私の近所に一人の按摩《あんま》がいまして、それが不具などによくあるひどい強情者でした。他人が深切《しんせつ》から色々注意などしてやりますと、却ってそれを逆にとって、目が見えないと思って人を馬鹿にするなそれ位のことはちゃんと俺にだって分っているわいという調子で、必ず相手の言葉にさからったことをやるのです。どうして並み並みの強情さではないのです。

ある日のことでした。私がある大通りを歩いていますと、向うからその強情者の按摩がやって来るのに出逢いました。彼は生意気にも、杖《つえ》を肩に担いで鼻唄を歌いながらヒョッコリヒョッコリと歩いています。丁度その町には昨日から下水の工事が始まっていて、往来の片側には深い穴が掘ってありましたが、彼は盲人のことで片側往来止めの立札など見えませんから、何の気もつかず、その穴のすぐ側を呑気そうに歩いているのです。

それを見ますと、私はふと一つの妙案を思いつきました。そこで、

「やあN君」と按摩の名を呼びかけ、（よく療治を頼んでお互に知り合っていたのです）

「ソラ危いぞ、左へ寄った、左へ寄った」

と怒鳴りました。それを態《わざ》と少し冗談らしい調子でやったのです。というのは、こういえば、彼は日頃の性質から、きっとからかわれたのだと邪推して、左へはよらないで態と右へ寄るに相違ないと考えたからです。案《あん》の定《じょう》彼は、

「エヘヘ……。御冗談ばっかり」

などと声色《こわいろ》めいた口返答をしながら、矢庭《やにわ》に反対の右の方へ二足三足寄ったものですから、忽ち下水工事の穴の中へ片足を踏み込んで、アッという間に一丈もあるその底へと落ち込んで了いました。私はさも驚いた風を装うて穴の縁へ駈けより、

「うまく行ったかしら」と覗いて見ましたが彼はうち所でも悪かったのか、穴の底にぐったりと横《よこた》わって、穴のまわりに突出ている鋭い石でついたのでしょう。一分刈りの頭に、

赤黒い血がタラタラと流れているのです。それから、舌でも嚙切ったと見えて、口や鼻からも同じ様に出血しています。顔色はもう蒼白で、唸り声を出す元気さえありません。

こうして、この按摩は、でもそれから一週間ばかりは虫の息で生きていましたが、遂に絶命して了ったのです。私の計画は見事に成功しました。誰が私を疑いましょう。私はこの按摩を日頃贔屓《ひいき》にしてよく呼んでいた位で、決して殺人の動機になる様な恨みがあった訳ではなく、それに、表面上は右に陥穽《おとしあな》のあるのを避けさせようとして、「左へよれ、左へよれ」と教えてやった訳なのですから、私の好意を認める人はあっても、その親切らしい言葉の裏に恐るべき殺意がこめられていたと想像する人があろう筈はないのです。

ああ、何という恐しくも楽しい遊戯だったのでしょう。巧妙なトリックを考え出した時の、恐らく芸術家のそれにも匹敵する、歓喜、そのトリックを実行する時のワクワクした緊張、そして、目的を果した時の云い知れぬ満足、それに又、私の犠牲になった男や女が、殺人者が目の前にいるとも知らず血みどろになって狂い廻る断末魔《だんまつま》の光景《ありさま》、最初の間、それらが、どんなにまあ私を有頂天にして呉れたことでしょう。

ある時はこんな事もありました。それは夏のどんよりと曇った日のことでしたが、私はある郊外の文化村とでもいうのでしょう。十軒余りの西洋館がまばらに立並んだ所を歩いていました。そして、丁度その中でも一番立派なコンクリート造りの西洋館の裏手を通りかかった時です。ふと妙なものが私の目に止りました。といいますのは、その時私の鼻先をかすめて勢よく飛んで行った一匹の雀が、その家の屋根から地面へ引張ってあった太い針金に一寸とまると、いきなりはね返された様に下へ落ちて来て、そのまま死んで了ったのです。

変なこともあるものだと思ってよく見ますと、その針金というのは、西洋館の尖った屋根の頂上に立っている避雷針《ひらいしん》から出ていることが分りました。無論針金には被覆が施されていましたけれど、今雀のとまった部分は、どうしたことかそれがはがれていたのです。私は電気のことはよく知らないのですが、どうかして空中電気の作用とかで、避雷針の針金に強い電流が流れることがあると、どこかで聞いたのを覚えていて、さてはそれだなと気附きました。こんな事に出くわしたのは初めてだったものですから、珍らしいことに思って、私は暫らくそこに立止ってその針金を眺めていたものです。

するとそこへ、西洋館の横手から、兵隊ごっこかなにかして遊んでいるらしい子供の一団が、ガヤガヤ云いながら出て来ましたが、その中の六ツか七つの小さな男の子が、外《ほか》の子供達はさっさと向うへ行って了ったのに、一人あとに残って、何をするのかと見ていますと、今の避雷針の針金の手前の小高くなった所に立って、前をまくると、立小便を始めました。それを見た私は、又もや一つの妙計を思いつきました。私は中学時代に水が電気の導体だということを習ったことがあります。今子供が立っている小高い所から、その針金の被覆のとれた部分へ小便をしかけるのは訳のないことです。小便は水ですからやっぱり導体に相違ありません。

そこで私はその子供にこう声をかけました。

「おい坊っちゃん。その針金へ小便をかけて御覧。とどくかい」

するとその子供は、

「なあに訳ないや、見てて御覧」

そういったかと思うと、姿勢を換えて、いきなり針金の地の現れた部分を目がけて小便をしかけました。そして、それが針金に届くか届かないに、恐ろしいものではありませんか、子供はビョンと一つ踊る様に跳上ったかと思うと、そこへバッタリ倒れて了いました。あとで聞けば、避雷針にこんな強い電流が流れるのは非常に珍らしいことなのだ相ですが、か様にして、私は生れて始めて、人間の感電して死ぬ所を見た訳です。

この場合も無論、私は少しだって疑いを受ける心配はありませんでした。ただ子供の死骸に取縋《とりすが》って泣入っている母親に鄭重《ていちょう》な悔みの言葉を残して、その場を立去りさえすればよいのでした。

これもある夏のことでした。私はこの男を一つ犠牲《いけにえ》にしてやろうと目ざしていたある友人、と云っても決してその男に恨みがあった訳ではなく、長年の間無二の親友としてつき合っていた程の友達なのですが、私には却って、そういう仲のいい友達などを、何にも云わないで、ニコニコしながら、アッという間に死骸にして見たいという異常な望みがあったのです。その友達と一緒に、房州のごく辺鄙なある漁師町へ避暑に出かけたことがあります。無論海水浴場という程の場所ではなく、海にはその部落の赤銅色《しゃくどういろ》の肌をした小わっぱ達がバチャバチャやっている丈《だけ》で、都会からの客といっては私達二人の外には画学生らしい連中が数人、それも海へ入るというよりは其辺の海岸をスケッチブック片手に歩き廻っているに過《す》ぎませんでした。

名の売れている海水浴場の様に、都会の少女達の優美な肉体が見られる訳ではなく、宿といっても東京の木賃宿《きちんやど》見たいなもので、それに食物もさしみの外のものはまずくて口に合わず、随分淋しい不便な所ではありましたが、その私の友達というのが、私とはまるで違って、そうした鄙《ひな》びた場所で孤独な生活を味《あじわ》うのが好きな方でしたのと、私は私で、どうかしてこの男をやっつける機会を摑もうとあせっていた際だったものですから、そんな漁師町に数日の間も落ちついていることが出来たのです。

ある日、私はその友達を、海岸の部落から、大分隔った所にある、一寸断崖見たいになった場所へ連れ出しました。そして「飛込みをやるのには持って来いの場所だ」などと云いながら、私は先に立って着物を脱いだものです。友達もいくらか水泳の心得があったものですから「なる程これはいい」と私にならって着物をぬぎました。

そこで、私はその断崖のはしに立って、両手を真直ぐに頭の上に伸ばし「一、二、三」と思切りの声で怒鳴って置いて、ピョンと飛び上ると、見事な弧を描いて、さかしまに前の海面へと飛込みました。

　パチャンと身体が水についた時に、胸と腹の呼吸でスイと水を切って、僅《わず》か二三尺潜《もぐ》る丈けで、飛魚の様に向うの水面へ身体を現すのが「飛込み」の骨《こつ》なんですが、私は小さい時分から水泳が上手で、この「飛込み」なんかも朝飯前の仕事だったのです。そうして、岸から十四五間も離れた水面へ首を出した私は、立泳ぎという奴をやりながら、片手でブルッと顔の水をはらって、

「オーイ、飛込んで見ろ」

　と友達に呼びかけました。すると、友達は無論何の気もつかないで、

「よし」と云いながら、私と同じ姿勢をとり、勢よく私のあとを追ってそこへ飛込みました。

　ところが、しぶきを立てて海へ潜ったまま、彼は暫くたっても再び姿を見せないではありませんか……。私はそれを予期していました。その海の底には、水面から一間位の所に大きな岩があったのです。私は前持ってそれを探って置き、友達の腕前では「飛込み」をやれば必ず一間以上潜るにきまっている、随ってこの岩に頭をぶつけるに相違ないと見込みをつけてやった仕事なのです。御承知でもありましょうが、「飛込み」の技は上手なもの程、この水を潜る度が少いので、私はそれには十分熟練していたものですから、海底の岩にぶつかる前にうまく向うへ浮上って了ったのですが、友達は「飛込み」にかけてはま

だほんの素人だったので、真逆様に海底へ突入って、いやという程頭を岩へぶつけたに相違ないのです。

案の定、暫く待っていますと、彼はポッカリと鮪《まぐろ》の死骸の様に海面に浮上りました。そして波のまにまに漂っています。云うまでもなく彼は気絶しているのです。

私は彼を抱いて岸に泳ぎつき、そのまま部落へ駈け戻って、宿の者に急をつげました。そこで出漁を休んでいた漁師などがやって来て友達を介抱して呉れましたが、ひどく脳を打った為でしょう。もう蘇生《そせい》の見込みはありませんでした。見ると、頭のてっぺんが五六寸切れて、白い肉がむくれ上っている。その頭の置かれてあった地面には、夥《おびただ》しい血潮が赤黒く固っていました。

あとにも先にも、私が警察の取調を受けたのはたった二度きりですが、その一つがこの場合でした。何分人の見ていない所で起った事件ですから、一応の取調べを受けるのは当然です。併し、私とその友達とは親友の間柄でそれまでにいさかい一つした事もないと分っているのですし、又当時の事情としては、私も彼もその海底に岩のあることを知らず、幸い私は水泳が上手だった為に危い所をのがれたけれども、彼はそれが下手だったばっかりにこの不祥事を惹起《ひきおこ》したのだということが明白になったものですから、難なく疑《うたがい》は晴れ、私は却って警察の人達から「友達をなくされてお気の毒です」と悔みの言葉までかけて貰う有様でした。

いや、こんな風に一つ一つ実例を並べていたんでは際限がありません。もうこれ丈け申上げれば、皆さんも私の所謂絶対に法律にふれない殺人法を、大体御分り下すったことと思います。凡てこの調子なんです。ある時はサーカスの見物人の中に混っていて、突然、ここで御話するのは恥しい様な途方もない変てこな姿勢を示して、高い所で綱渡をしていた女芸人の注意を奪い、その女を墜落させて見たり、火事場で、我子を求めて半狂乱の様になっていたどこかの細君に、子供は家の中に寝かせてあるのだ「ソラ泣いている声が聞えるでしょう」などと暗示を与えて、その細君を猛火の中へ飛込ませ、つい焼殺して了ったり、或は又、今や身投げをしようとしている娘の背後から、突然「待った」と頓狂な声をかけて、そうでなければ、身投げを思いとまったかも知れない其娘を、ハッとさせた拍子に水の中へ飛込ませて了ったり、それはお話すれば限りもないのですけれど、もう大分夜も更けたことですし、それに、皆さんもこの様な残酷な話はもうこれ以上御聞きになりたくないでしょうから、最後に少し風変りなのを一つ丈け申上げてよすことに致しましょう。

今まで御話しました所では、私はいつも一度に一人の人間を殺している様に見えますが、そうでない場合も度々あったのです。でなければ、三年足らずの年月の間に、しかも少しも法律にふれない様な方法で、九十九人もの人を殺すことは出来ません。その中でも最も多人数を一度に殺しましたのは、そうです、昨年の春のことでした。皆さんも当時の新聞記事できっと御読みのことと思いますが、中央線の列車が顚覆《てんぷく》して多くの負傷者や死者を出したことがありますね、あれなんです。

なに馬鹿馬鹿しい程雑作《ぞうさ》もない方法だったのですが、それを実行する土地を探すのには可也《かなり》手間どりました。ただ最初から中央線の沿線ということ丈けは見当をつけていました。というのは、この線は、私の計画には最も便利な山路を通っているばかりでなく、列車が顚覆した場合にも、中央線には日頃から事故が多いのですから、ああ又かという位で他の線程目立たない利益があったのです。

それにしても、註文通りの場所を見つけるのには仲々《なかなか》骨が折れました。結局M駅の近くの崖を使うことに決心するまでには、十分一週間はかかりました。M駅には一寸した温泉場がありますので、私はそこのある宿へ泊り込んで、毎日毎日湯に入ったり散歩をしたり、如何《いか》にも長逗留《ながどうまり》の湯治客らしく見せかけようとしたのです。その為に又十日余り無駄に過さねばなりませんでしたが、やがてもう大丈夫だという時を見計らって、ある日私はいつもの様にその辺の山路を散歩しました。

そして、宿から半里程のある小高い崖の頂上へ辿《たど》りつき、私はそこでじっと夕闇の迫って来るのを待っていました。その崖の真下には汽車の線路がカーブを描いて走っている、線路の向う側はこちらとは反対に深いけわしい谷になって、その底に一寸した谷川が流れているのが、霞む程遠くに見えています。

暫くすると、予《あらかじ》め定めて置いた時間になりました。私は、誰れも見ているものはなかったのですけれど、態々一寸つまずく様な恰好をして、これも予め探し出して置いた一つの大きな石塊《いしころ》を蹴飛しました。それは一寸蹴りさえすればきっと崖から丁度線路の上あたりへころがり落ちる様な位置にあったのです。私は若しやりそこなえば幾度でも他の石塊でやり直すつもりだったのですが、見ればその石塊はうまい工合に一本のレールの上にのっかっています。

半時間の後には下り列車がそのレールを通るのです。その時分にはもう真暗になっているでしょうし、その石のある場所はカーブの向側なのですから、運転手が気附く筈はありません。それを見定めると、私は大急ぎで、M駅へと引返し（半里の山路ですからそれには十分《じゆうぶん》三十分以上を費しました）そこの駅長室へ這入って行って「大変です」とさも慌た調子で叫んだものです。

「私はここへ湯治に来ているものですが、今半里計り向うの、線路に沿った崖の上へ散歩に行っていて、坂になった所を駈けおりようとする拍子にふと一つの、石塊を崖から下の線路の上へ蹴落して了いました。若しあそこを列車が通ればきっと脱線します。悪くすると谷間へ落ちる様なことがないとも限りません。私はその石をとりのけ様と色々道を探したのですけれど、何分不案内の山のことですから、どうにもあの高い崖を下る方法がないのです。で、ぐずぐずしているよりはと思って、ここへ駈けつけた次第ですが、どうでしょう。至急あれを、取りのけて頂く訳には行きませんでしょうか」

と如何にも心配そうな顔をして申しました。すると駅長は驚いて、

「それは大変だ、今下り列車が通過した処《ところ》です。普通ならあの辺はもう通り過ぎて了った頃ですが……」

というのです。それが私の思う壺でした。そうした問答を繰り返している内に、列車顚覆死傷数知らずという報告が、僅かに危地を脱して駈けつけた、その下り列車の車掌によって齎《もた》らされました。さあ大騒ぎです。

私は行がかり上一晩Mの警察署へ引ぱられましたが、考えに考えてやった仕事です。手落ちのあろう筈はありません。無論私は大変叱られはしましたけれど、別に処罰を受ける程のこともないのでした。あとで聞きますと、その時の私の行為は刑法第百二十九条とかにさえ、それは五百円以下の罰金刑に過ぎないのですが、あてはまらなかったのだそうです。そういう訳で、私は一つの石塊によって、少しも罰せられることなしに、エーとあれは、そうです、十七人でした。十七人の命を奪うことに成功したのでした。

皆さん。私はこんな風にして九十九人の人命を奪った男なのです。そして、少しでも悔ゆる所か、そんな血腥い刺戟にすら、もう飽きあきして了って、今度は自分自身の命を犠牲にしようとしている男なのです。皆さんは、余りにも残酷な私の所行《しょぎょう》に、それその様に眉をしかめていらっしゃいます。そうです。これらは普通の人には想像もつかぬ極悪非道

の行いに相違ありません。ですが、そういう大罪悪を犯してまで免《のが》れ度い程の、ひどいひどい退屈を感じなければならなかったこの私の心持も、少しはお察しが願い度いのです、私という男は、そんな悪事をでも企らむ他には、何一つ此人生に生甲斐を発見することが出来なかったのです。皆さんどうか御判断なすって下さい。私は狂人なのでしょうか。あの殺人狂とでもいうものなのでしょうか。

斯様《かよう》にして今夜の話手の、物凄くも奇怪極まる身の上話は終った。彼は幾分血走った、そして白眼勝ちにドロンとした狂人らしい目で、私達聴者《ききて》の顔を一人一人見廻すのだった。併し誰一人之《こ》れに答えて批判の口を開くものもなかった。そこには、ただ薄気味悪くチロチロと瞬《また》たく蠟燭の焰に照らし出された、七人の上気した顔が、微動さえしないで並んでいた。

ふと、ドアのあたりの垂絹の表に、チカリと光ったものがあった。見ていると、その銀色に光ったものが、段々大きくなっていた。それは銀色の丸いもので、丁度満月が密雲を破って現れる様に、赤い垂絹の間から、徐々に全《まった》き円形を作りながら現われているのであった。私は最初の瞬間から、それが給仕女の両手に捧げられた、我々の飲物を運ぶ大きな銀盆であることを知っていた。でも、不思議にも万象を夢幻化しないでは置かぬこの「赤い部屋」の空気は、その世の常の銀盆を、何かサロメ劇の古井戸の中から奴隷がヌッとつき出す所の、あの予言者の生首の載せられた銀盆の様にも幻想せしめるのであった。そして、銀盆が垂絹から出切って了うと、その後から、青竜刀《せいりゅうとう》の様な幅の広い、ギラギラしたダンビラが、ニョイと出て来るのではないかとさえ思われるのであった。

だが、そこからは、唇の厚い半裸体の奴隷の代りに、いつもの美しい給仕女が現れた。そして、彼女がさも快活に七人の男の間を立廻って、飲物を配り始めると、その、世間とはまるでかけ離れた幻の部屋に、世間の風が吹き込んで来た様で、何となく不調和な気がし出した。彼女は、この家の階下のレストランの、華やかな歌舞と乱酔とキャアという様な若い女のしだらない悲鳴などを、フワフワとその身辺に漂わせていた。

「そうら、射つよ」

突然Tが、今までの話声と少しも違わない落着いた調子で云った。そして、右手を懐中へ入れると、一つのキラキラ光る物体を取出して、ヌーッと給仕女の方へさし向けた。アッという私達の声と、バン……というピストルの音と、キャッとたまぎる女の叫びと、それが殆ど同時だった。

無論私達は一斉に席から立上った。併しああ何という仕合せなことであったか、射たれた女は何事もなく、ただこれのみは無慚《むざん》にも射ちくだかれた飲物の器を前にして、ボンヤリと立っているではないか。

「ワハハハハ……」T氏が狂人の様に笑い出した。

「おもちゃだよ、おもちゃだよ。アハハハ……。花ちゃんまんまと一杯食ったね。ハハハ……」

　では、今なおT氏の右手に白煙をはいているあのピストルは、玩具に過ぎなかったのか。

「まあ、びっくりした……。それ、おもちゃなの？」Tとは以前からお馴染《なじみ》らしい給仕女は、でもまだ脣《くちびる》の色はなかったが、そういいながらT氏の方へ近づいた。

「どれ、貸して御覧なさいよ。まあ、ほんものそっくりだわね」

　彼女は、てれかくしの様に、その玩具だという六連発を手にとって、と見こうみしていたが、やがて、

「くやしいから、じゃ、あたしも射ってあげるわ」

　いうかと思うと、彼女は左腕を曲げて、その上にピストルの筒口を置き、生意気な恰好でT氏の胸に狙いを定めた。

「君に射てるなら、射ってごらん」T氏はニヤニヤ笑いながら、からかう様に云った。

「うてなくってさ」

　バン……前よりは一層鋭い銃声が部屋中に鳴り響いた。

「ウウウウ……」何とも云えぬ気味の悪い唸声《うなりごえ》がしたかと思うと、T氏がヌッと椅子から立上って、バッタリと床の上へ倒れた。そして、手足をバタバタやりながら、苦悶《くもん》し始めた。

冗談か、冗談にしては余りにも真に迫ったもがき様ではないか。

私達は思わず彼のまわりへ走りよった。隣席《となり》にいた一人が、卓上の燭台をとって苦悶者の上にさしつけた。見ると、T氏は蒼白な顔を痙攣させて、丁度傷ついた蚯蚓《みみず》が、クネクネはね廻る様な工合に、身体中の筋肉を伸ばしたり縮めたりしながら、夢中になってもがいていた。そしてだらしなくはだかったその胸の、黒く見える傷口からは彼が動く度に、タラリタラリとまっ紅《か》な血が、白い皮膚を伝って流れていた。

玩具と見せた六連発の第二発目には実弾が装塡してあったのだ。

私達は、長い間、ボンヤリそこに立ったまま、誰一人身動きするものもなかった。奇怪な物語りの後のこの出来事は、私達に余りにも烈しい衝動を与えたのだ。それは時計の目盛から云えば、ほんの僅かな時間だったかも知れない。けれども、少くともその時の私には、私達がそうして何もしないで立っている間が、非常に長い様に思われた。なぜならば、その咄嗟《とっさ》の場合に、苦悶している負傷者を前にして、私の頭には次の様な推理の働く余裕が十分あったのだから。

「意外な出来事に相違ない。併し、よく考えて見ると、これは最初からちゃんと、Tの今夜のプログラムに書いてあった事柄なのではあるまいか。彼は九十九人までは他人を殺したけれど、最後の百人目だけは自分自身の為に残して置いたのではないだろうか。そして、そういうことには最もふさわしいこの『赤い部屋』を、最後の死に場所に選んだのではあるまいか、これは、この男の奇怪極る性質を考え合せると、まんざら見当はずれの想像でもないのだ。そうだ。あの、ピストルを玩具だと信じさせて置いて、給仕女に発砲させた技巧などは、他の殺人の場合と共通の、彼独特のやり方ではないか。こうして置けば、下手人の給仕女は少しも罰せられる心配はない。そこには私達六人もの証人があるのだ、つまり、Tは彼が他人に対してやったと同じ方法を、加害者は少しも罪にならぬ方法を、彼自身に応用したものではないか」

私の外の人達も、皆夫々《それぞれ》の感慨に耽っている様に見えた。そして、それは恐らく私のものと同じだったかも知れない。実際、この場合、そうとより他には考え方がないのだから。

恐ろしい沈黙が一座を支配していた。そこには、うっぷした給仕女の、さも悲しげにすすり泣く声が、しめやかに聞えているばかりだった。「赤い部屋」の蠟燭の光に照らし出された、この一場の悲劇の場面は、この世の出来事としては余りにも夢幻的に見えた。

「ククククク……」

突如、女のすすり泣の外に、もう一つの異様な声が聞えて来た。それは、最早や藻掻《もが》くことを止めて、ぐったりと死人の様に横わっていた、T氏の口から洩《も》れるらしく感じられた。氷の様な戦慄が私の背中を這い上った。

「クックックックッ……」

その声は見る見る大きくなって行った。そして、ハッと思う間に、瀕死《ひんし》のT氏の身体《からだ》がヒョロヒョロと立上った。立上ってもまだ「クックックックッ」という変な声はやまなかった。それは胸の底からしぼり出される苦痛の唸り声の様でもあった。だが……、若しや……オオ、矢張《やは》りそうだったのか、彼は意外にも、さい前《ぜん》から耐らないおかしさをじっと嚙み殺していたのだった。「皆さん」彼はもう大声に笑い出しながら叫んだ。「皆さん。分りましたか、これが」

すると、ああ、これは又どうしたことであろう。今の今まであの様に泣入っていた給仕女が、いきなり快活に立上ったかと思うと、もうもう耐らないという様に、身体をくの字にして、これも亦《また》笑いこけるのだった。

「これはね」やがてT氏は、あっけにとられた私達の前に、一つの小さな円筒形のものを、掌にのせてさし出しながら説明した。「牛の膀胱《ぼうこう》で作った弾丸《たま》なのですよ。中に赤インキが一杯入れてあって、命中すれば、それが流れ出す仕掛けです。それからね。この弾丸が偽物だったと同じ様に、さっきからの私の身の上話というものはね、始めから了いまで、みんな作りごとなんですよ。でも、私はこれで、仲々お芝居はうまいものでしょう……。さて、退屈屋の皆さん。こんなことでは、皆さんが始終お求めなすっている、あの刺戟とやらにはなりませんでしょうかしら……」

彼がこう種明しをしている間に、今まで彼の助手を勤めた給仕女の気転で階下のスイッチがひねられたのであろう、突如真昼の様な電燈の光が、私達の目を眩惑《げんわく》させた。そして、その白く明るい光線は、忽ちにして、部屋の中に漂っていた、あの夢幻的な空気を一掃してしまった。そこには、曝露《ばくろ》された手品の種が、醜いむくろを曝していた。緋色の垂絹にしろ、緋色の絨氈にしろ、同じ卓子《テーブル》掛《か》けや肘掛椅子、はては、あのよしありげな銀の燭台までが、何とみすぼらしく見えたことよ。「赤い部屋」の中には、どこの隅を探して見ても、最早や、夢も幻も、影さえ止《とど》めていないのだった。

人でなしの恋

一

門野《かどの》、御存知《ごぞんじ》でいらっしゃいましょう。十年以前になくなった先《せん》の夫なのでございます。こんなに月日がたちますと、門野と口に出していって見ましても、一向他人様《いっこうひとさま》の様《よう》で、あの出来事にしましても、何だかこう、夢ではなかったかしら、なんて思われるほどでございます。門野家へ私がお嫁入りをしましたのは、どうした御縁からでございましたかしら、申すまでもなく、お嫁入り前に、お互《たがい》に好き合っていたなんて、そんなみだらなのではなく、仲人《なこうど》が母を説《と》きつけて、母が又私に申し聞かせて、それを、おぼこ娘の私は、どう否《いな》やが申せましょう。おきまりでございますわ。畳にのの字を書きながら、ついうなずいてしまったのでございます。

でも、あの人が私の夫になる方かと思いますと、狭い町のことで、それに先方も相当の家柄なものですから、顔位は見知っていましたけれど、噂《うわさ》によれば、何となく気むずかしい方の様だがとか、あんな綺麗《きれい》な方のことだから、ええ、御承知かも知れませんが、門野というのは、それはそれは、凄《すご》い様な美男子で、いいえ、おのろけではございません。美しいといいます中《うち》にも、病身なせいもあったのでございましょう、どこやら陰気で、青白く、透き通る様な、ですから、一層水際立った殿御《とのご》ぶりだったのでございますが、それが、ただ美しい以上に、何かこう凄い感じを与えたのでございます。その様に綺麗な方のことですから、きっと外《ほか》に美しい娘さんもおありでしょうし、もしそうでないとしましても、私の様なこのお多福《たふく》が、どうまあ一生可愛がって貰《もら》えよう、などと色々取越《とりこし》苦労もしますれば、従ってお友達だとか、召使などの、その方《かた》の噂話にも聞き耳を立てるといった調子なのでございます。

そんな風にして、段々洩《も》れ聞いた所を寄せ集めて見ますと、心配をしていた、一方のみだらな噂などはこれっぱかりもない代りには、もう一つの気むずかし屋の方は、どうして一通りでないことが分って来たのでございます。いわば変人とでも申すのでございましょう。お友達なども少く、多くは内の中に引込み勝ちで、それに一番いけないのは、女ぎらいという噂すらあったのでございます。それも、遊びのおつき合いをなさらぬための、そんな噂なら別条はないのですけれど、本当の女ぎらいらしく、私との縁談にしましてからが、元々親御《おやご》さん達のお考えで、仲人に立った方は、私の方よりは、却《かえっ》て先方の御本人を説きふせるのに骨が折れたほどだと申すのでございます。尤《もっと》もそんなハッキリした噂を聞いた訳ではなく、誰かが一寸《ちょっと》口をすべらせたのから、私が、お嫁入りの前の娘の敏感で独《ひと》り合点《がってん》をしていたのかも知れません。いいえ、いざお嫁入りをして、あんな目にあいますまでは、本当に私の独合点に過ぎないのだと、しいてもそんな風に、こちらに都合のよい様に、気休めを考えていたことでございます。これで、いくらか、うぬぼれもあったのでございますわね。

あの時分の娘々した気持を思い出しますと、われながら可愛らしい様《よう》でございます。一方ではそんな不安を感じながら、でも、隣町の呉服屋《ごふくや》へ衣裳《いしょう》の見立に参ったり、それを家中《うち》の手で裁縫したり、道具類だとか、細々《こまごま》した手廻《まわ》りの品々を用意したり、その中へ先方からは立派な結納《ゆいのう》が届く、お友達にはお祝いの言葉やら、羨望《せんぼう》の言葉やら、誰かにあえばひやかされるのがなれっこになってしまって、それが又恥かしいほど嬉《うれ》しくて、家中にみちみちた花《はな》やかな空気が、十九の娘を、もう有頂天《うちょうてん》にしてしまったのでございます。

一つは、どの様な変人であろうが、気むずかし屋さんであろうが、今申す水際立った殿御振《ぶり》に、私はすっかり魅せられていたのでもございましょう。それに又、そんな性質の方に限って、情が濃《こまや》かなのではないか、私なら私一人を守って、凡《すべ》ての愛情という愛情を私一人に注ぎつくして、可愛がって下さるのではないか、などと、私はまあなんてお人よしに出来ていたのでございましょう。そんな風に思っても見るのでございました。

初めの間は、遠い先のことの様に、指折数えていた日取りが、夢の間《ま》に近づいて、近づくに従って、甘い空想がずっと現実的な恐れに代って、いざ当日、御婚礼の行列が門前に勢揃いをいたします。その行列が又、自慢に申すのではありませんが、十幾《いく》つりの私の町にしては飛切り立派なものでしたが、それの中にはさまって、車に乗る時の心持というものは、どなたも味わいなさることでしょうけれど、本当にもう、気が遠くなる様でございましたっけ、まるで屠所の羊でございますわね。精神的に恐しいばかりでなく、もう身内がずきずき痛む様な、それはもう、何と申してよろしいのやら。……

二

何がどうなったのですか、兎《と》も角《かく》も夢中で御婚礼を済《すま》せて、一日二日は、夜さえ眠ったのやら眠らなかったのやら、舅《しゅうと》姑《しゅうとめ》がどの様な方なのか、召使達が幾人いるか、挨拶《あいさつ》もし、挨拶されていながらも、まるで頭に残っていないという有様なのでございます。するともう、里帰り、夫と車を並べて、夫の後姿《うしろすがた》を眺めながら走っていても、それが夢なのか現《うつつ》なのか、……まあ、私はこんなことばかりおしゃべりしていまして、御免下さいまし、肝心の御話がどこかへ行ってしまいますわね。

そうして、御婚礼のごたごたが一段落つきますと、案じるよりは生むが易いと申しますか、門野は噂程の変人というでもなく、却て世間並よりは物柔かで、私などにも、それは優しくしてくれるのでございます。私はほっと安心いたしますと、今までの苦痛に近い緊張が、すっかりほぐれてしまいまして、人生というものは、こんなにも幸福なものであったのかしら、なんて思う様になって参ったのでございます。それに舅姑御二人とも、お嫁入前に母親が心づけてくれましたことなど、まるで無駄に思われたほど、好《よ》い御方《おかた》ですし、外には、門野は一人子だものですから、小舅《こじゅうと》などもなく、却て気抜けのする位、御嫁さんなんて気苦労の入《い》らぬものだと思われたのでございました。

　門野の男ぶりは、いいえ、そうじゃございませんのよ。これがやっぱり、お話の内なのでございますわ。そうして一しょに暮す様になって見ますと、遠くから、垣間見《かいまみ》ていたのと違って、私にとっては、生れてはじめての、この世にたった一人の方なのですもの、それは当り前でございましょうけれど、日が経つにつれて、段々立《たち》まさって見え、その水際立った男ぶりが、類《たぐい》なきものに思われ初《はじ》めたのでございます。いいえ、お顔が綺麗だとか、そんなことばかりではありません。恋なんて何と不思議なものでございましょう、門野の世間並をはずれた所が、変人というほどではなくても、何とやら憂鬱《ゆううつ》で、しょっちゅう一《いち》途《ず》に物を思いつづけている様な、しんねりむっつりとした、それで、縹緻《きりょう》はと申せば、今いう透き通る様な美男子なのでございますよ、それがもう、いうにいわれぬ魅力となって、十九の小娘を、さんざんに責めさいなんだのでございます。

　ほんとうに世界が一変したのでございます。二た親のもとで育てられていた十九年を現実世界にたとえますなら、御婚礼の後《のち》の、それが不幸にもたった半年ばかりの間ではありましたけれど、その間はまるで夢の世界か、お伽噺《とぎばなし》の世界に住んでいる気持でございました。大げさに申しますれば、浦島太郎《うらしまたろう》が乙姫様《おとひめさま》の御寵愛《ごちようあい》を受けたという龍宮《りゆうぐう》世界、あれでございますわ、今から考えますと、その時分の私は、本当に浦島太郎の様に幸福だったのでございますわ。世間では、お嫁入りはつらいものとなっていますのに、私のはまるで正反対ですわね。いいえ、そう申すよりは、そのつらい所まで行かぬ内に、あの恐ろしい破《は》綻《たん》が参ったという方が当たっているのかも知れませんけれど。

その半年の間を、どの様にして暮しましたことやら、ただもう楽《たのし》かったと申す外に、こまごましたことなど忘れても居りますし、それに、このお話には大して関係のないことですから、おのろけめいた思出話は止しにいたしましょうけれど、門野が私を可愛がってくれましたことは、それはもう、世間のどの様な女房思いの御亭主でも、とても真似《まね》も出来ないほどでございました。無論私は、それをただただ有難いことに思って、いわば陶酔してしまって、何の疑いを抱く余裕もなかったのでございますが、この門野が私を可愛がり過ぎたということには、あとになって考えますと、実に恐しい意味があったのでございます。といって、何も可愛がり過ぎたのが破綻の元だと申す訳ではありません、あの人は、真心をこめて、私を可愛がろうと努力していたに過ぎないのでございます。それが決して、だましてやろうという様な心持ではなかったのですから、あの人が努力すればするほど、私はそれを真《ま》に受けて、真《しん》から手頼《たよ》って行く、身も心も投げ出してすがりついて行く、という訳でございました。ではなぜ、あの人がそんな努力をしましたか、尤もこれらのことは、ずっとずっと後《あと》になって、やっと気づいたのではありますけれど、それには、実に恐ろしい理由があったのでございます。

三

「変だな」と気がついたのは、御婚礼から丁度半年ほどたった時分でございました。今から思えば、あの時、門野の力が、私を可愛がろうとする努力が、いたましくも尽きはててしまったものに相違ありません。その隙《すき》に乗じて、もう一つの魅力が、グングンとあの人を、そちらの方へひっぱり出したのでございましょう。

男の愛というものが、どの様なものであるか、小娘の私が知ろう筈《はず》はありません。門野の様な愛し方こそ、すべての男の、いいえ、どの男にも勝《まさ》った愛し方に相違ないと、長い間信じ切っていたのでございます。ところが、これほど信じ切っていた私でも、やがて、少しずつ少しずつ、門野の愛に何とやら偽《いつわ》りの分子を含むことを、感づき初《はじ》めないではいられませんでした。……………その エクスタシイは形の上に過ぎなくて、心では、何か遥《はるか》なものを追っている、妙に冷い空虚を感じたのでございます。私を眺める愛撫のまなざしの奥には、もう一つの冷い目が、遠くの方を凝視しているのでございます。愛の言葉を囁《ささや》いてくれます、あの人の声音《こわね》すら、何とやらうつろで、機械仕掛の声の様にも思われるのでございます。でも、まさか、その愛情が最初から総《すべ》て偽りであったなどとは、当時の私には思いも及ばぬことでした。これはきっと、あの人の愛が私から離れて、どこかの人に移りはじめたしるしではあるまいか、そんな風に疑《うたぐ》って見るのが、やっとだったのでございます。

疑いというものの癖《くせ》として、一度そうしてきざしが現れますと、丁度夕立雲が広がる時の様な、恐しい早さでもって、相手の一挙一動、どんな微細な点までも、それが私の心一杯に、深い深い疑惑の雲となって、群《むら》がり立つのでございます。あの時の御言葉の裏にはきっとこういう意味を含んでいたに相違ない。いつやらの御不在は、あれは一体どこへいらしったのであろう。こんなこともあった、あんなこともあったと、疑い出しますと際限がなく、よく申す、足の下の地面が、突然なくなって、そこへ大きな真暗な空洞が開けて、はて知れぬ地獄へ吸い込まれて行く感じなのでございます。

ところが、それほどの疑惑にも拘《かかわ》らず、私は何一つ、疑い以上の、ハッキリしたものを摑《つか》むことは出来ないのでございました。門野が家《うち》をあけると申しましても、極く僅《わずか》の間で、それが大抵《たいてい》は行先《ゆきさき》が知れているのですし、日記帳だとか手紙類、写真までも、こっそり調べて見ましても、あの人の心持を確め得る様な跡は、少しも見つかりはしないのでございます。ひょっとしたら、娘心のあさはかにも、根もないことを疑って、無駄な苦労を求めているのではないかしら、幾度か、そんな風に反省して見ましても、一度根を張った疑惑は、どう解こうすべもなく、ともすれば、私の存在をさえ忘れ果てた形で、ぼんやりと一つ所を見つめて、物思いに耽《ふけ》っているあの人の姿を見るにつけ、やっぱり何かあるに相違ない、きっときっと、それに極《きま》っている。では、もしや、あれではないのかしら。といいますのは、門野は先から申します様に、非常に憂鬱なたちだものですから、自然引込思案《ひっこみしあん》で、一間《ま》にとじ籠《こも》って本を読んでいる様な時間が多く、それも、書斎では気が散っていけないと申し、裏に建っていました土蔵の二階へ上《あが》って、幸いそこに先祖から伝わった古い書物が沢山《たくさん》積んでありましたので、薄暗い所で、夜などは昔ながらの雪洞《ぼんぼり》をともして、一人ぼっちで書見《しょけん》をするのが、あの人の、もっと若い時分からの、一つの楽《たの》しみになっていたのでございます。それが、私が参ってから半年ばかりというものは、忘れた様に、土蔵のそばへ足ぶみもしなくなっていたのが、ついその頃になって、又しても、繁々《しげしげ》と土蔵へ入る様になって参ったのでございます。この事柄に何か意味がありはしないか。私はふとそこへ気がついたのでございました。

四

土蔵の二階で書見をするというのは少し風変りと申せ、別段とがむべきことでもなく、何の怪しい訳もない、と一応はそう思うのですけれど、又考え直せば、私としましては、出来るだけ気を配って、門野の一挙一動を監視もし、あの人の持物なども検《しら》べましたのに、何の変った所もなく、それで、一方ではあの抜けがらの愛情、うつろの目、そして時には私の存在をすら忘れたかと見える物思いでございましょう。もう蔵の二階を疑いでもする外には、何のてだても残っていないのでございます。それに妙なのは、あの人が蔵へ行きますのが、極って夜更けなことで、時には隣に寝ています私の寝息を窺《うかが》う様にして、こっそりと床《とこ》の中を抜け出して、御小用《おこよう》にでもいらっしったのかと思っていますと、そのまま長い間帰っていらっしゃらない。縁側《えんがわ》に出て見れば、土蔵の窓から、ぼんやりとあかりがついているのでございます。何となく凄い様な、いうにいわれない感じに打たれることが屡々《しばしば》なのでございます。土蔵だけは、お嫁入りの当時、一巡《ひとまわり》中を見せて貰いましたのと時候の変り目に一二度入ったばかりで、たとえ、そこへ門野がとじ籠っていましても、まさか、蔵の中に私をうとうとしくする原因がひそんでいようとも考えられませんので、別段、あとをつけて見たこともなく、従って蔵の二階だけが、これまで、私の監視を脱《のが》れていたのでございますが、それをすら、今は疑いの目を以《もっ》て見なければならなくなったのでございます。

お嫁入りをしましたのが春の半《なかば》、夫に疑いを抱き始めましたのがその秋の丁度名月時分でございました。今でも不思議に覚えていますのは、門野が縁側に向うむきに蹲《うずくま》って、青白い月光に洗われながら、長い間じっと物思いに耽っていた、あのうしろ姿、それを見て、どういう訳か、妙に胸を打たれましたのが、あの疑惑のきっかけになったのでございます。それから、やがてその疑いが深まって行き、遂には、あさましくも、門野のあとをつけて、土蔵の中へ入るまでになったのが、その秋の終りのことでございました。

何というはかない縁《えにし》でありましょう。あの様にも私を有頂天にさせた、夫の深い愛情が（先にも申す通り、それは決して本当の愛情ではなかったのですけれど）たった半年の間にさめてしまって、私は今度は玉手箱をあけた浦島太郎の様に、生れて初めての陶酔境から、ハッと眼覚めると、そこには恐しい疑惑と嫉妬《しっと》の、無限《むげん》地獄が口を開いて待っていたのでございます。

でも最初は、土蔵の中が怪しいなどとハッキリ考えていた訳ではなく、疑惑に責められるまま、たった一人の時の夫の姿を垣間見て、出来るならば迷いを晴らしたい、どうかそこに私を安心させる様なものがあってくれます様にと祈りながら、一方ではその様な泥坊じみた行いが恐しく、といって一度思い立ったことを、今更中止するのは、どうにも心残りなままに、ある晩のこと、袷《あわせ》一枚ではもう肌寒い位で、この頃まで庭に鳴きしきっていました、秋の虫共も、いつか声をひそめ、それに丁度闇夜で、庭下駄《にわげた》で土蔵への道々、空をながめますと、星は綺麗でしたけれど、それが非常に遠く感じられ、不思議と物淋《ものさび》しい晩のことでありましたが、私はとうとう、土蔵へ忍びこんで、そこの二階にいる筈の夫の隙見《すきみ》を企《くわだ》てたのでございます。

もう母屋《おもや》では、御両親をはじめ召使達も、とっくに床についておりました。田舎《いなか》町の広い屋敷のことでございますから、まだ十時頃というのに、しんと静まり返って、蔵まで参りますのに、真っ暗なしげみを通るのが、こわい様でございました。その道が又、御天気でもじめじめした様な地面で、しげみの中には、大きな蝦蟇《がま》が住んでいて、グルルル……グルルル……といやな鳴き声さえ立てるのでございましょう。それをやっと辛抱《しんぼう》して、蔵の中へたどりついても、そこも同じ様に真っ暗で、樟脳《しょうのう》のほのかな薫《かお》りに混って、冷いかび臭い蔵特有の一種の匂いが、ゾーッと身を包むのでございます。もし心の中に嫉妬の火が燃えていなかったら、十九の小娘に、どうまああの様な真似が出来ましょう。本当に恋ほど恐しいものはございませんわね。

闇の中を手探りで、二階への階段まで近づき、そっと上を覗いて見ますと、暗いのも道理、梯子段《はしごだん》を上《のぼ》った所の落し戸が、ピッタリ締《しま》っているのでございます。私は息を殺して、一段一段と音のせぬ様に注意しながら、やっとのことで梯子の上まで昇り、ソッと落し戸を押し試みて見ましたが、門野の用心深いことには、上から締りをして、開かぬ様になっているではございませんか。ただ御本を読むのなら、何も錠まで卸《おろ》さなくてもと、そんな一寸したことまでが、気懸《きが》かりの種になるのでございます。

どうしようかしら。ここを叩《たた》いて開けて頂こうかしら。いやいや、この夜更けに、そんなことをしたなら、はしたない心の内を見すかされ、猶更疎んじられはしないかしら。でも、この様な、蛇の生殺しの様な状態が、いつまでも続くのだったら、とても私には耐えられない。一そ思い切って、ここを開けて頂いて、母屋から離れた蔵の中を幸いに、今夜こそ、日頃の疑いを夫の前にさらけ出して、あの人の本当の心持を聞いて見ようかしら。などと、とつおいつ思い惑って、落し戸の下に佇《たたず》んでいました時、丁度その時、実に恐ろしいことが起こったのでございます。

五

その晩、どうして私が蔵の中へなど参ったのでございましょう。夜更けに蔵の二階で、何事のあろう筈もないことは、常識で考えても分りそうなものですのに、ほんとうに馬鹿馬鹿しい様な、疑心暗鬼《ぎしんあんき》から、ついそこへ参ったというのは、理窟《りくつ》では説明の出来ない、何かの感応があったのでございましょうか。俗にいう虫の知らせでもあったのでございましょうか。この世には、時々常識では判断のつかない様な、意外なことが起るものでございます。その時、私は蔵の二階から、ひそひそ話《ばなし》の声を、それも男女二人の話声《はなしごえ》を、洩れ聞いたのでございました。男の声はいうまでもなく門野のでしたが、相手の女は一体全体何者でございましょうか。

まさかまさかと思っていました、私の疑いが、余りに明かな事実となって現れたのを見ますと、世慣れぬ小娘の私は、ただもうハッとして、腹立たしいよりは恐ろしく、恐ろしさと、身も世もあらぬ悲しさに、ワッと泣き出したいのを、僅にくいしめて、瘧《おこり》の様に身を戦《おのの》かせながら、でも、そんなでいて、やっぱり上の話声に聞き耳を立てないではいられなかったのでございます。

「この様なおう瀬を続けていては、あたし、あなたの奥様にすみませんわね」

細々《ほそぼそ》とした女の声は、それが余りに低いために、殆ど聞き取れぬほどでありましたが、聞えぬ所は想像で補って、やっと意味を取ることが出来たのでございます。声の調子で察しますと、女は私よりは三つ四つ年かさで、しかし私の様にこんな太っちょうではなく、ほっそりとした、丁度泉鏡花さんの小説に出て来る様な、夢の様に美しい方に違いないのでございます。

「私もそれを思わぬではないが」と、門野の声がいうのでございます「いつもいって聞かせる通り私はもう出来るだけのことをして、あの京子《きようこ》を愛しようと努めたのだけれど、悲しいことには、それがやっぱり駄目《だめ》なのだ。若い時から馴染《なじみ》を重ねたお前のことが、どう思い返しても、思い返しても、私にはあきらめ兼ねるのだ。京子にはお詫《わび》のしようもないほど済まぬことだけれど、済まない済まないと思いながら、やっぱり、私はこうして、夜毎にお前の顔を見ないではいられぬのだ。どうか私の切ない心の内を察しておくれ」

門野の声ははっきりと、妙に切口上《きりこうじょう》に、せりふめいて、私の心に食い入る様に響いて来るのでございます。

「嬉しうございます。あなたの様な美しい方に、あの御立派な奥様をさし置いて、それほどに思って頂くとは、私はまあ、何という果報者《かほうもの》でしょう。嬉しうございますわ」

そして、極度に鋭敏になった私の耳は、女が門野の膝《ひざ》にでももたれたらしい気勢《けはい》を感じるのでございます。

……………………………………………………

まあ御想像なすっても下さいませ。私のその時の心持がどの様でございましたか。もし今の年でしたら、何の構うことがあるものですか、いきなり、戸を叩き破ってでも、二人のそばへ駈込んで、恨みつらみのありたけを、並べもしたでしょうけれど、何を申すにも、まだ小娘の当時では、とてもその様な勇気が出るものではございません。込み上げて来る悲しさを、袂《たもと》の端で、じっと押えて、おろおろと、その場を立去りも得《え》せず、死ぬる思いを続けたことでございます。

やがて、ハッと気がつきますと、ハタハタと、板《いた》の間《ま》を歩く音がして、誰かが落し戸の方へ近づいて参るのでございます。今ここで顔を合わせては、私にしましても、又先方にしましても、あんまり恥かしいことですから、私は急いで梯子段を下《お》りると、蔵の外へ出て、その辺の暗闇へ、そっと身をひそめ、一つには、そうして女奴《め》の顔をよく見覚えてやりましょうと、恨みに燃える目をみはったのでございます。ガタガタと、落し戸を開く音がして、パッと明りがさし、雪洞を片手に、それでも足音を忍ばせて下りて来ましたのは、まごう方《かた》なき私の夫、そのあとに続く奴めと、いきまいて待てど暮せど、もうあの人は、蔵の大戸をガラガラと締めて、私の隠れている前を通り過ぎ、庭下駄の音が遠ざかっていったのに、女は下りて来る気勢もないのでございます。

蔵のことゆえ一方口で、窓はあっても、皆金網で張りつめてありますので、外《ほか》に出口はない筈。それが、こんなに待っても、戸の開く気勢も見えぬのは、余りといえば不思議なことでございます。第一、門野が、そんな大切な女を一人あとに残して、立去る訳もありません。これはもしや、長い間の企《たく》らみで、蔵のどこかに、秘密な抜け穴でも拵《こしら》えてあるのではなかろうか。そう思えば、真っ暗な穴の中を、恋に狂った女が、男にあいたさ一心で、怖《こ》わさも忘れ、ゴソゴソと匍《は》っている景色が幻の様に目に浮かび、その幽《かす》かな物音さえも聞える様で、私は俄に、そんな闇の中に一人でいるのが怖わくなったのでございます。

また夫が私のいないのを不審に思ってはと、それも気がかりなものですから、兎も角も、その晩は、それだけで、母屋の方へ引返《ひきかえ》すことにいたしました。

六

それ以来、私は幾度闇夜の蔵へ忍んで参ったことでございましょう。そして、そこで、夫達の様々の睦言《むつごと》を立聞きしては、どの様に、身も世もあらぬ思いをいたしたことでございましょう。その度毎《たびごと》に、どうかして相手の女を見てやりましょうと、色々に苦心をしたのですけれど、いつも最初の晩の通り、蔵から出て来るのは夫の門野だけで、女の姿なぞはチラリとも見えはしないのでございます。ある時はマッチを用意して行きまして、夫が立去るのを見すまし、ソッと蔵の二階へ上《あが》って、マッチの光でその辺を探し廻ったこともありましたが、どこへ隠れる暇《いとま》もないのに、女の姿はもう影もささぬのでございます。またある時は、夫の隙を窺って、昼間、蔵の中へ忍び込み、隅から隅を覗き廻って、もしや抜け道でもありはしないか、又ひょっとして、窓の金網でも破れてはしないかと、様々に検べて見たのですけれど、蔵の中には、鼠《ねずみ》一匹逃げ出す隙間も見当たらぬのでございました。

何という不思議でございましょう。それを確めますと、私はもう、悲しさ口惜《くや》しさよりも、いうにいわれぬ不気味さに、思わずゾッとしないではいられませんでした。そうしてその翌晩になれば、どこから忍んで参るのか、やっぱり、いつもの艶《なま》めかしい囁き声が、夫との睦言を繰返《くりかえ》し、又幽霊の様に、いずことも知れず消え去ってしまうのでございます。もしや何かの生霊《いきりょう》が、門野に魅入《みい》っているのではないでしょうか。生来憂鬱で、どことなく普通の人と違った所のある、蛇を思わせる様な門野には（それ故《ゆえ》に又、私はあれほども、あの人に魅せられていたのかも知れません）そうした、生霊という様な、異形《いぎょう》のものが、魅入り易いのではありますまいか。などと考えますと、はては、門野自身が、何かこう魔《ま》性《しょう》のものにさえ見え出して、何とも形容の出来ない、変な気持になって参るのでございます。一《いっ》そのこと、里へ帰って、一伍一什《いちぶしじゅう》を話そうか、それとも、門野の親御さま達に、このことをお知らせしようか、私は余りの怖わさ不気味さに幾度《いくたび》かそれを決心しかけたのですけれど、でも、まるで雲を摑む様な、怪談めいた事柄を、うかつにいい出しては頭から笑われそうで、却て恥をかく様なことがあってはならぬと、娘心にもヤッと堪《こら》えて、一日二日と、その決心を延ばしていたのでございます。考えて見ますと、その時分から、私は随分きかん坊でもあったのでございますわね。

そして、ある晩のことでございました。私はふと妙なことに気づいたのでございます。それは、蔵の二階で、門野達のいつものおう瀬が済みまして、門野がいざ二階を下りるという時に、パタンと軽く、何かの蓋《ふた》のしまる音がして、それから、カチカチと錠前でも卸すらしい気勢がしたのでございます。よく考えて見れば、この物音は、ごく幽かではありましたが、いつの晩にも必ず聞いた様に思われるのでございます。蔵の二階でそのような音を立てるものは、そこに幾つも並んでいます長持《ながもち》の外《ほか》にはありません。さては相手の女は長持の中に隠れているのではないかしら。生きた人間なれば、食事も摂《と》らなければならず、第一、息苦しい長持の中に、そんな長い間忍んでいられよう道理はない筈ですけれど、なぜか、私には、それがもう間違いのない事実の様に思われて来るのでございます。

そこへ気がつきますと、もうじっとしてはいられません。どうかして、長持の鍵を盗み出して、長持の蓋をあけて、相手の女奴を見てやらないでは気が済まぬのでございます。なあに、いざとなったら、くいついてでも、ひっ掻いてでも、あんな女に負けてなるものか、もうその女が長持の中に隠れているときまりでもした様に、私は歯ぎしりを嚙んで、夜のあけるのを待ったものでございます。

その翌日、門野の手文庫から鍵を盗み出すことは、案外易々《やすやす》と成功いたしました。その時分には、私はもうまるで夢中ではありましたけれど、それでも、十九の小娘にしましては、身に余る大仕事でございました。それまでとても、眠られぬ夜が続き、さぞかし顔色も青ざめ、身体《からだ》も瘦《や》せ細っていたことでありましょう。幸い御両親とは離れた部屋に起《お》き伏《ふ》していましたのと、夫の門野は、あの人自身のことで夢中になっていましたのとで、その半月ばかりの間を、怪しまれもせず過ごすことが出来たのでございます。さて、鍵を持って、昼間でも薄暗い、冷たい土の匂いのする、土蔵の中へ忍び込んだ時の気持、それがまあ、どんなでございましたか。よくまああの様な真似が出来たものだと、今思えば、一そ不思議な気もするのでございます。

ところが鍵を盗み出す前でしたか、それとも蔵の二階へ上《あが》りながらでありましたか、千々《ちぢ》に乱れる心の中《うち》で、わたしはふと滑稽なことを考えたものでございます。どうでもよいことではありますけれど、ついでに申上げて置きましょうか。それは、先日からのあの話声は、もしや門野が独《ひとり》で、声色《こわいろ》を使っていたのではないかという疑いでございました。まるで落し話の様な想像ではありますが、例えば小説を書きますためとか、お芝居を演じますためとかに、人に聞えない蔵の二階で、そっとせりふのやり取りを稽古《けいこ》していらしったのではあるまいか、そして、長持の中には女なぞではなくて、ひょっとしたら、芝居の衣裳でも隠してあるのではないか、という途方もない疑いでございました。ほほほほほほ、私はもうのぼせ上っていたのでございますわね。意識が混乱して、ふとその様な、我身に都合のよい妄想が、浮かび上るほど、それほど私の頭は乱れ切っていたのでございます。なぜと申して、あの睦言の意味を考えましても、その様な馬鹿馬鹿しい声色を使う人が、どこの世界にあるものでございますか。

七

門野家は町でも知られた旧家だものですから、蔵の二階には、先祖以来の様々の古めかしい品々が、まるで骨董屋《こっとうや》の店先の様に並んでいるのでございます。三方の壁には今申す丹《に》塗《ぬ》りの長持が、ズラリと並び、一方の隅には、昔風の縦に長い本箱が、五つ六つ、その上には、本箱に入り切らぬ黄表紙、青表紙が、虫の食った背中を見せて、ほこりまみれに積み重ねてあります。棚の上には、古びた軸物の箱だとか、大きな紋のついた両掛け、葛籠《つづら》の類、古めかしい陶器類、それらに混って、異様に目を惹《ひ》きますのは、鉄漿《おはぐろ》の道具だという、巨大なお椀《わん》の様な塗物《ぬりもの》、塗り盥《だらい》、それには皆、年数がたって赤くなってはいますけれど、一々金紋《きんもん》が蒔絵《まきえ》になっているのでございます。それから一番不気味なのは、階段を上《あが》ったすぐの所に、まるで生きた人間の様に鎧櫃《よろいびつ》の上に腰かけている、二つの飾り具足《ぐそく》、一つは黒糸縅《くろいとおどし》のいかめしいので、もう一つはあれが緋縅《ひおどし》と申すのでしょうか、黒ずんで、所々糸が切れてはいましたけれど、それが昔は、火の様に燃えて、さぞかし立派なものだったのでございましょう。兜《かぶと》もちゃんと頂いて、それに鼻から下を覆う、あの恐ろしい鉄の面までも揃っているのでございます。昼でも薄暗い蔵の中で、それをじっと見ていますと、今にも籠手《こて》、脛当《すねあて》が動き出して、丁度頭の上に懸けてある、大身《おおみ》の槍《やり》を取るかとも思われ、いきなりキャッと叫んで、逃げ出したい気持さえいたすのでございます。

小さな窓から、金網を越して、淡い秋の光がさしてはいますけれど、その窓があまりに小さいため、蔵の中は、隅の方になると、夜の様に暗く、そこに蒔絵だとか、金具だとかいうものだけが、魑魅魍魎《ちみもうりょう》の目の様に、怪しく、鈍く、光っているのでございます。その中で、あの生霊の妄想を思い出しでもしようものなら、女の身で、どうまあ辛抱が出来ましょう。その怖わさ恐ろしさを、やっと堪《こら》えて、兎も角も、長持を開くことが出来ましたのは、やっぱり、恋という曲者《くせもの》の強い力でございましょうね。

まさかそんなことがと思いながら、でも何となく薄気味悪くて、一つ一つ長持の蓋を開く時には、からだ中から冷いものがにじみ出し、ハッと息も止まる思いでございました。ところが、その蓋を持上げて、まるで棺桶《かんおけ》の中でも覗く気で、思い切って、グッと首を入れて見ますと、予期していました通り、或《あるい》は予期に反して、どれもこれも古めかしい衣類だとか、夜具、美しい文庫類などが入っているばかりで、何の疑わしいものも出ては来ないのでございます。でも、あの極った様に聞えて来た、蓋のしまる音、錠前のおりる音は、一体何を意味するのでありましょう。おかしい、おかしいと思いながら、ふと目にとまったのは、最後に開いた長持の中に、幾つかの白木の箱がつみ重なっていて、その表に、床《ゆか》しいお家流で「お雛様《ひなさま》」だとか「五人囃子《ばやし》」だとか「三人上戸《じょうご》」だとか、書き記《しる》してある、雛人形の箱でございました。私は、どこにも怪しいものがいないことを確めて、いくらか安心していたのでもありましょう、その際ながら、女らしい好奇心から、ふとそれらの箱を開けて見る気になりました。

一つ一つ外に取り出して、これがお雛様、これが左近《さこん》の桜、右近《うこん》の橘《たちばな》と、見て行くに従って、そこに、樟脳の匂いと一緒に、何とも古めかしく、物懐しい気持が漂って、昔物きめの濃《こま》やかな人形の肌が、いつとなく、私を夢の国へ誘って行くのでございました。私はそうして、暫くの間は、雛人形で夢中になっていましたが、やがてふと気がつきますと、長持の一方の側《がわ》に、外《ほか》のとは違って、三尺以上もある様な長方形の白木の箱が、さも貴重品といった感じで、置かれてあるのでございます。その表には、同じくお家流で「拝領《はいりょう》」

と記されてあります。何であろうと、そっと取り出して、それを開いて中の物を一目見ますと、ハッと何かの気に打たれて、私は思わず顔をそむけたのでございます。そして、その瞬間に霊感というのは、ああした場合を申すのでございましょうね、数日来の疑いが、もう、すっかり解けてしまったのでございます。

八

それほど私を驚かせたものが、ただ一個の人形に過ぎなかったと申せば、あなたはきっと「なあんだ」とお笑いなさるかも知れません。ですが、それは、あなたが、まだ本当の人形というものを、昔の人形師の名人が精根を尽くして、拵え上げた芸術品を、御存知ないからでございます。あなたはもしや、博物館の片隅なぞで、ふと古めかしい人形に出あって、その余りの生々《なまなま》しさに、何とも知れぬ戦慄《せんりつ》をお感じなすったことはないでしょうか。それが若《も》し女児《おなご》人形や稚児《ちご》人形であった時には、それの持つ、この世の外《ほか》の夢の様な魅力に、びっくりなすったことはないでしょうか。あなたは御みやげ人形といわれるものの、不思議な凄味《すごみ》を御存知でいらっしゃいましょうか。或は又、往昔衆道《おうせきしゅうどう》の盛んでございました時分、好き者達が、馴染の色若衆の似顔人形を刻ませて、日夜愛撫したという、あの奇態な事実を御存知でいらっしゃいましょうか。いいえ、その様な遠いことを申さずとも、例えば、文楽《ぶんらく》の浄瑠璃《じょうるり》人形にまつわる不思議な伝説、近代の名人安本亀八の生人形《いきにんぎょう》なぞを御承知でございましたなら、私がその時、ただ一個の人形を見て、あの様に驚いた心持を、十分御察し下さることが出来ると存じます。

私が長持の中で見つけました人形は後《のち》になって、門野のお父さまに、そっと御尋ねして知ったのでございますが、殿様から拝領の品とかで、安政《あんせい》の頃の名人形師立木と申す人の作と申すことでございます。俗に京人形と呼ばれておりますけれど、実は浮世《うきよ》人形とやらいうものなそうで、身《み》の丈《たけ》三尺余り、十歳ばかりの小児の大きさで、手足も完全に出来、頭には昔風の島田《しまだ》を結《ゆ》い、昔染の大柄友染《ゆうぜん》が着せてあるのでございます。これも後に伺ったのですけれど、それが立木という人形師の作風なのだそうで、そんな昔の出来にも拘らず、その女児人形は、不思議と近代的な顔をしているのでございます。真ッ赤に充血して何かを求めている様な、厚味のある唇《くちびる》、唇の両脇で二段になった豊頬《ほうきょう》、物いいたげにパッチリ開いた二重瞼《ふたえまぶた》、その上に大様《おおよう》に頬笑《ほほえ》んでいる濃い眉《まゆ》、そして何よりも不思議なのは、羽二重《はぶたえ》で紅綿《べにわた》を包んだ様に、ほんのりと色づいている、微妙な耳の魅力でございました。その花《はな》やかな、情慾的な顔が、時代のために幾分色があせて、唇の外《ほか》は妙に青ざめ、手垢《てあか》がついたものか、滑《なめら》かな肌がヌメヌメと汗ばんで、それゆえに、一層悩ましく、艶《なまめ》かしく見えるのでございます。

薄暗く、樟脳臭い、土蔵の中で、その人形を見ました時には、ふっくらと恰好よくふくらんだ乳のあたりが、呼吸をして、今にも唇がほころびそうで、その余りの生々しさに私はハッと身震《みぶるい》を感じたほどでありました。

まあ何ということでございましょう、私の夫は、命のない、冷たい人形を恋していたのでございます。この人形の不思議な魅力を見ましては、もう、その外に謎の解き様はありません。人嫌いな夫の性質、蔵の中の睦言、長持の蓋のしまる音、姿を見せぬ相手の女、色々の点を考え合せて、その女と申すのは、実はこの人形であったと解釈する外はないのでございます。

これは後になって、二三の方から伺ったことを、寄せ集めて、想像しているのでございますが、門野は生れながらに夢見勝ちな、不思議な性癖を持っていて、人間の女を恋する前に、ふとしたことから、長持の中の人形を発見して、それの持つ強い魅力に魂を奪われてしまったのでございましょう。あの人は、ずっと最初から、蔵の中で本なぞ読んではいなかったのでございます。ある方から伺いますと、人間が人形とか仏像とかに恋したためしは、昔から決して少くはないと申します。不幸にも私の夫がそうした男で、更に不幸なことには、その夫の家に偶然稀代《きだい》の名作人形が保存されていたのでございます。

人でなしの恋、この世の外《ほか》の恋でございます。その様な恋をするものは、一方では、生きた人間では味わうことの出来ない、悪夢の様な、或は又お伽噺の様な、不思議な歓楽に魂をしびらせながら、しかし又一方では、絶え間なき罪の苛責《かしやく》に責められて、どうかしてその地獄を逃れたいと、あせりもがくのでございます。門野が、私を娶《めと》ったのも、無我夢中に私を愛しようと努めたのも、皆そのはかない苦悶《くもん》の跡に過ぎぬのではございませんか。そう思えば、あの睦言の「京子に済まぬ云々《うんぬん》」という、言葉の意味も解けて来るのでございます。夫が人形のために女の声色を使っていたことも、疑う余地はありません。ああ、私は、何という月日の下《もと》に生れた女でございましょう。

九

さて、私の懺悔《ざんげ》話と申しますのは、実はこれからあとの、恐ろしい出来事についてでございます。長々とつまらないおしゃべりをしました上に「まだ続きがあるのか」と、さぞうんざりなさいましょうが、いいえ、御心配には及びません。その要点と申しますのは、ほんの僅かな時間で、すっかりお話出来ることなのでございますから。

びっくりなすってはいけません。その恐ろしい出来事と申しますのは、実はこの私が人殺しの罪を犯したお話でございます。その様な大罪人が、どうして処罰をも受けないで安《あん》穏《のん》に暮しているかと申しますと、その人殺しは私自身直接に手を下した訳でなく、いわば間接の罪なものですから、たとえあの時私がすべてを自白していましても、罪を受けるほどのことはなかったのでございます。とはいえ、法律上の罪はなくとも、私は明かにあの人を死に導いた下手人《げしゅにん》でございます。それを、娘心のあさはかにも、一時の恐れにとりのぼせて、つい白状しないで過ごしましたことは、返す返すも申訳《もうしわけ》なく、それ以来ずっと今日《こんにち》まで、私は一夜としてやすらかに眠ったことはありません。今こうして懺悔話をいたしますのも、亡き夫への、せめてもの罪亡《つみほろ》ぼしでございます。

しかし、その当時の私は、恋に目がくらんでいたのでございましょう。私の恋敵《こいがたき》が、相手もあろうに生きた人間ではなくて、いかに名作とはいえ、冷い一個の人形だと分りますと、そんな無生《むしょう》の泥人形に見返られたかと、もう口惜しくて口惜しくて、口惜しいよりは畜生道《ちくしょうどう》の夫の心が浅間《あさま》しく、もしこの様な人形がなかったなら、こんなことにもなるまいと、はては立木という人形師さえうらめしく思われるのでございます。エエ、ままよこの人形奴《め》の、艶かしい這面《しゃっつら》を、叩きのめし、手足を引《ひっ》ちぎってしまったなら、門野とてまさか相手のない恋も出来はすまい。そう思うと、もう一ときも猶予《ゆうよ》がならず、その晩、念のためにに、もう一度夫と人形とのおう瀬を確めた上、翌早朝、蔵の二階へ駈上って、とうとう人形を滅茶滅茶《めちゃめちゃ》に引ちぎり目も鼻も口も分らぬ様に叩きつぶしてしまったのでございます。こうして置いて、夫のそぶりを注意すれば、まさかそんな筈はないのですけれど私の想像が間違っていたかどうかも分る訳なのでございます。

そうして丁度人間の轢死人《れきしにん》の様に、人形の首、胴、手足とばらばらになって、昨日に変る醜いむくろをさらしているのを見ますと、私はやっと胸をさすることが出来たのでございます。

十

その夜、何も知らぬ門野は、又しても私の寐息《ねいき》を窺いながら、雪洞をつけて、縁外《えんそと》の闇へと消えました。申すまでもなく人形とのおう瀬を急ぐのでございます。私は眠ったふりをしながら、そっとその後姿を見送って、一応は小気味のよい様な、しかし又何となく悲しい様な、不思議な感情を味わったことでございます。

人形の死骸を発見した時、あの人はどの様な態度を示すでしょう。異常な恋の恥かしさに、そっと人形のむくろを取り片づけて、そ知らぬふりをしているか、それとも、下手人を探し出して、怒《おこ》りつけるか、怒《いか》りのまま叩かれようと、怒鳴《どな》られようと、もしそうであったなら、私はどんなに嬉しかろう。門野が怒《おこ》るからには、あの人は人形と恋なぞしていなかったしるしなのですもの。私はもう気もそぞろに、じっと耳をすまして、土蔵の中の気勢を窺ったのでございます。

そうして、どれほど待ったことでしょう。待っても待っても、夫は帰って来ないのでございます。壊《こわ》れた人形を見た上は、蔵の中に何の用事もない筈のあの人が、もういつもほどの時間もたったのになぜ帰って来ないのでしょう。もしかしたら、相手はやっぱり人形ではなくて、生きた人間だったのでありましょうか。それを思うと気が気でなく、私はもう辛抱がしきれなくて、床《とこ》から起き上りますと、もう一つの雪洞を用意して、闇のしげみを蔵の方へと走るのでございました。

蔵の梯子段を駈上りながら、見れば例の落し戸は、いつになく開いたまま、それでも上には雪洞がともっていると見え、赤茶けた光りが、階段の下までも、ぼんやり照しております。ある予感にハッと胸を躍《おど》らせて、一飛びに階上へ飛上って、「旦那様」と叫びながら、雪洞のあかりにすかして見ますと、ああ私の不吉な予感は適中したのでございました。そこには夫のと、人形のと、二つのむくろが折り重なって、板の間《いたのま》は血潮《ちしお》の海、二人のそばに家重代《いえじゅうだい》の名刀が、血を啜《すす》ってころがっているのでございます。人間と土くれとの情死、それが滑稽に見えるどころか、何とも知れぬ厳粛《げんしゅく》なものが、サーッと私の胸を引しめて、声も出ず涙も出ず、ただもう茫然《ぼうぜん》と、そこに立ちつくす外はないのでございました。

見れば、私に叩きひしがれて、半残《なかば》った人形の唇から、さも人形自身が血を吐いたかの様に、血潮の飛沫が一しずく、その首を抱いた夫の腕の上へタラリと垂れて、そして人形は、断末魔《だんまつま》の不気味な笑いを笑っているのでございました。

解説

理知的志向と怪奇的嗜好

三津田信三

江戸川乱歩の作品には様々な要素が入っている。ただ、それらの中で占める割り合いが最も大きいのが、理知的興味と怪奇幻想または耽美的《たんび》嗜好《しこう》であることは間違いない。理知と怪奇の二面性——これこそが乱歩作品の最大の特徴と言える。

学生時代にエドガー・アラン・ポーの短篇に出会った乱歩は、たちまちその異様な作風に魅せられる。その中でも特に、オーギュスト・デュパンが探偵として活躍する本格ミステリ「モルグ街の殺人」「マリー・ロジェの謎」「盗まれた手紙」の三作、さらに暗号小説「黄金虫」と本格ミステリの諧謔的《かいぎやく》小説「お前が犯人だ」に敬服する。

なぜならこの五作が、不可解で奇っ怪な事件に対して、あくまでも理知的な思考を持って取り組み、論理的推理によって意外な真相を暴く——という彼がはじめて読むタイプの小説だったからだ。

やがて乱歩は、探偵小説の創始者と崇《あが》められるポーに倣い、自身も日本の探偵小説の始祖となり、この新しい理知文学を発展させるのだと決意し、「エドガー・アラン・ポー」

を捩り筆名を「江戸川乱歩」とする。つまり乱歩作品に理知的興味が見られるのは、極めて当然なのだ。

一方の怪奇幻想または耽美的嗜好が、いつ、どのようにして乱歩の中で生まれ育ったのか。それについては、ポーの存在ほど明確な切っ掛けがあるわけではない。遡《さかのぼ》れば幼少の頃、祖母から聞いた不思議なお伽噺《とぎばなし》や、少年時代に夢中になった黒岩涙香《るいこう》の翻案怪奇探偵小説などに、その萌芽《ほうが》を見出せるのかもしれない。

しかし、乱歩作品に見られるそういった要素――思い付くままに挙げても、子宮願望、隠れ蓑《みの》願望、変身願望、桃源郷願望、変態嗜好、窃視嗜好、触覚嗜好、レンズ嗜好、人形嗜好、残虐嗜好などがある――には、もっと先天的で原初的な匂いが纏《まと》わっているように思えてならない。

暗号小説「二銭銅貨」でデビューした乱歩は、その後「一枚の切符」「D坂の殺人事件」「心理試験」といった極めて理知的な短篇を発表しつつも、次第に怪奇と幻想と耽美に彩られた世界を、より多く描きはじめる。

これは個人的な見解なのだが、乱歩作品に親しむうちに僕は、作家としては理知的文学の創造と発展を志向していたものの、その資質は怪奇幻想または耽美的文学にこそあったのではないか――それが怪人二十面相さながらに幾つもの顔を持つ江戸川乱歩の正体ではなかったか、と感じるようになった。

ただし、ここで注意する必要があるのは、乱歩が描き出す怪奇幻想の作品群には、ほとんど超常的な現象が扱われていないことである。心霊、化物、呪い、魔術、異世界などといったホラーでは定番のテーマや設定は、全く姿を見せない。唯一「押絵と旅する男」だけが例外なのだが、それさえも現実的な解釈が可能な余地がちゃんと残されている。

では、作家としての乱歩が興味を持つ、ホラーならではの要素とは何か。それは人間の異常心理だった。いわゆるサイコ・ホラーである。この辺りに、作家として怪奇的嗜好と資質を有しながらも理知的志向に進もうとした江戸川乱歩の、非常に大きな特色が出ているのではないだろうか。

さて、本書には先の『人間椅子』に続き、乱歩の全短篇の中からホラー要素の強いものばかり、選りすぐって収録されている。ここからは個々に、それぞれの作品を見ていくが、できるだけ本編の読了後に目を通されるようお願いしたい。

「芋虫」昭和四年（一九二九）一月『新青年』に発表。初出時の題名は「悪夢」。

戦争により四肢と聴覚と声帯を失った夫（須永中尉）と二人きりで、老少将の屋敷の離れに暮らす妻の時子の異常な夫婦生活を綴った本作は、とても怪奇という言葉だけでは表現しきれない何かを内包している。

最初は『改造』のために書かれたが、既に左翼的な評論の掲載で当局から睨《にら》まれていた本誌では危なくて発表できず、やむなく『新青年』に回されたものの、そこでも本文中の表現に伏せ字を用いたうえタイトルを「悪夢」と改題して、ようやく日の目を見た曰《いわ》く付きの作品である。実際、発表後には左翼から反戦小説として絶賛されている。

もちろん乱歩にそんな意図は全然なく、「物のあわれ」を描きたかっただけと告白するのだが、初読時から僕は本作に違和感を持ち続けていた。テーマが、どうしても乱歩と結び付かないのだ。「残虐への郷愁」や「郷愁としてのグロテスク」という随筆に見られる嗜好が、確かに本作の背景にはあり、それが「物のあわれ」に通じてはいる。だが、それだけのために須永中尉を創造したのだろうか。

時子の視点で描かれているため、彼女の心理だけを追っていると見逃しそうになるが、本作で最も重要なのは、両目を潰《つぶ》された後の須永中尉の存在なのだ。四肢がないだけでなく、触覚しか残されていない人間――まさに「人間椅子」の発展形態であり、『盲獣』の「触覚芸術論」がここにある。

「指」昭和三十五年（一九六〇）一月『ヒッチコック・マガジン』に発表。

親交のあった名古屋の小酒井不木を訪ねた際、その場で前半を乱歩が、後半を不木が執筆して「ラムール」という作品を書き上げた（昭和三年『騒人』に発表）。それを乱歩は自身の処女随筆集『悪人志願』（昭和四年）に収録したが、扱いは小説ではなく随筆だった。後年、そのプロットを基に乱歩が書き直したのが本作である。ああいうオチがくるのは原案が小酒井不木だったからであり、乱歩ならどうしたか知りたい気もする。

「火星の運河」大正十五年（一九二六）四月『新青年』に発表。

『パノラマ島奇談』に通じる耽美的な描写からなり、乱歩初の純粋な幻想恐怖談になっていたかもしれない作品なのだが……。そうならなかったのは、やはり彼の理知的志向が邪魔をしたとしか思えない。

「白昼夢」大正十四年（一九二五）七月『新青年』に「小品二篇」として「指環」と共に発表。

ミステリ的には死体の隠し方トリックを扱っており、このアイデアを基に当初は本格探偵小説を書くつもりだったと乱歩も述べている。それが二人の男の恐怖を描くことになったのは、題材が本格ミステリに向かないという判断よりも、作者の怪奇的な視点故ではなかったか。同じ趣向の横溝正史の短篇が、ミステリ的な仕掛けを有して成功していることからも、そう思われてならない。ちなみにこのアイデアは、皮肉にも後の通俗長篇の中で繰り返し使われることになる。

「踊る一寸法師」大正十五年（一九二六）一月『新青年』に発表。

敬愛するポーの「跳び蛙」に着想を得ているが、一概に翻案とは言えない趣きを持つ。特に美女の切断と喋る首という奇術トリックを用いる辺り、ミステリ作家の顔が覗く。また結末の怪奇性など、オリジナルにはない素晴らしさがある。

「夢遊病者の死」大正十四年（一九二五）七月『苦楽』に「夢遊病者彦太郎の死」と題し

て発表。

足跡のない殺人を取り上げながら、あくまでも夢遊病者が覚える「自分は人を殺すのではないか」、また「殺したのでは……」という恐るべき疑惑を描くことに主眼を置いており、ミステリ的な興味は、その恐怖を補強するためだけに使用されている。

「双生児」大正十三年（一九二四）十月『新青年』に発表。

前作と同様、ここではミステリの要素として指紋トリックが出てくる。だが読者の心に残るのは、自分と全く同じ容姿を持つ兄を殺害した弟が、鏡や硝子《ガラス》に映る己の姿に恐怖する、その異様な心理状態にこそある。乱歩作品には一人二役トリックが多く用いられているが、本作の兄弟もその変形と見做《みな》すことができる。

「赤い部屋」大正十四年（一九二五）四月『新青年』に発表。

谷崎潤一郎の「途上」を、プロバビリティの犯罪を描いた作品の嚆矢《こうし》だと高く評価した乱歩が、同テーマに挑んだ作品。偶然に頼るが故に完全犯罪が成立する――というこの奇妙な殺人の特殊性を、誰よりも早く見抜いた慧眼《けいがん》はさすがである。にもかかわらず、あの結末を持ってきたのは、プロバビリティの犯罪に漂う非現実性を敏感に嗅《か》ぎとった、理知派乱歩の仕業なのかもしれない。

「人でなしの恋」大正十五年（一九二六）十月『サンデー毎日』に発表。

幼い頃、祖母から聞いた昔話が基になっているが、次第に不安を覚える主人公の心理描写が秀逸で、見事な耽美的怪奇小説に仕上がっている。ミステリとして見ると、出入口がひとつしかない蔵での人間消失劇になるのだが、そこは大して強調されていない。乱歩が描きたかったのは、結末部分で丸々一章分を費やして詳述されている、蔵の中の秘密に関してであったことは間違いない。そういう意味では怪奇小説の名を借りてはいるが、本作は人形賛美小説なのである。

理知と怪奇幻想――言うまでもなくこの二つは相反する。なのに乱歩は、全く違う二つの世界を繰り返し描き続けた。だからこそ、水と油であるはずの二つが融合したときには、『陰獣』のような傑作が生まれ得たのである。

本書は、光文社発行の『江戸川乱歩全集』（平成十五年―十八年）を底本としました。
本文中には、今日の人権擁護の見地に照らして不当・不適切と思われる語句や表現がありますが、作品発表時の時代的背景を考え合わせ、また著者が故人であるという事情に鑑み、底本のままとしました。

編集部

芋虫《いもむし》　江戸川乱歩《えどがわらんぽ》ベストセレクション②
江戸川乱歩《えどがわらんぽ》

角川ホラー文庫　Hえ1-2　15249

平成20年 7 月25日　初版発行

発行者——井上伸一郎
発行所——株式会社角川書店
東京都千代田区富士見2-13-3
電話/編集(03)3238-8555
〒102-8078
発売元——株式会社角川グループパブリッシング
東京都千代田区富士見2-13-3
電話/営業(03)3238-8521
〒102-8177
http://www.kadokawa.co.jp
印刷所——旭印刷　製本所——BBC
装幀者——田島照久

ISBN978-4-04-105329-4 C0193

角川文庫発刊に際して

角川源義

第二次世界大戦の敗北は、軍事力の敗北であった以上に、私たちの若い文化力の敗退であった。私たちの文化が戦争に対して如何に無力であり、単なるあだ花に過ぎなかったかを、私たちは身を以て体験し痛感した。西洋近代文化の摂取にとって、明治以後八十年の歳月は決して短かすぎたとは言えない。にもかかわらず、近代文化の伝統を確立し、自由な批判と柔軟な良識に富む文化層として自らを形成することに私たちは失敗して来た。そしてこれは、各層への文化の普及滲透を任務とする出版人の責任でもあった。

一九四五年以来、私たちは再び振出しに戻り、第一歩から踏み出すことを余儀なくされた。これは大きな不幸ではあるが、反面、これまでの混沌・未熟・歪曲の中にあった我が国の文化に秩序と確たる基礎を齎らすためには絶好の機会でもある。角川書店は、このような祖国の文化的危機にあたり、微力をも顧みず再建の礎石たるべき抱負と決意とをもって出発したが、ここに創立以来の念願を果すべく角川文庫を発刊する。これまで刊行されたあらゆる全集叢書文庫類の長所と短所とを検討し、古今東西の不朽の典籍を、良心的編集のもとに、廉価に、そして書架にふさわしい美本として、多くのひとびとに提供しようとする。しかし私たちは徒らに百科全書的な知識のジレッタントを作ることを目的とせず、あくまで祖国の文化に秩序と再建への道を示し、この文庫を角川書店の栄ある事業として、今後永久に継続発展せしめ、学芸と教養との殿堂として大成せんことを期したい。多くの読書子の愛情ある忠言と支持とによって、この希望と抱負とを完遂せしめられんことを願う。

一九四九年五月三日

JU-ON ● KEI OHISHI
KADOKAWA HORROR BUNKO
呪《じゅ》怨《おん》
大石 圭
角川ホラー文庫

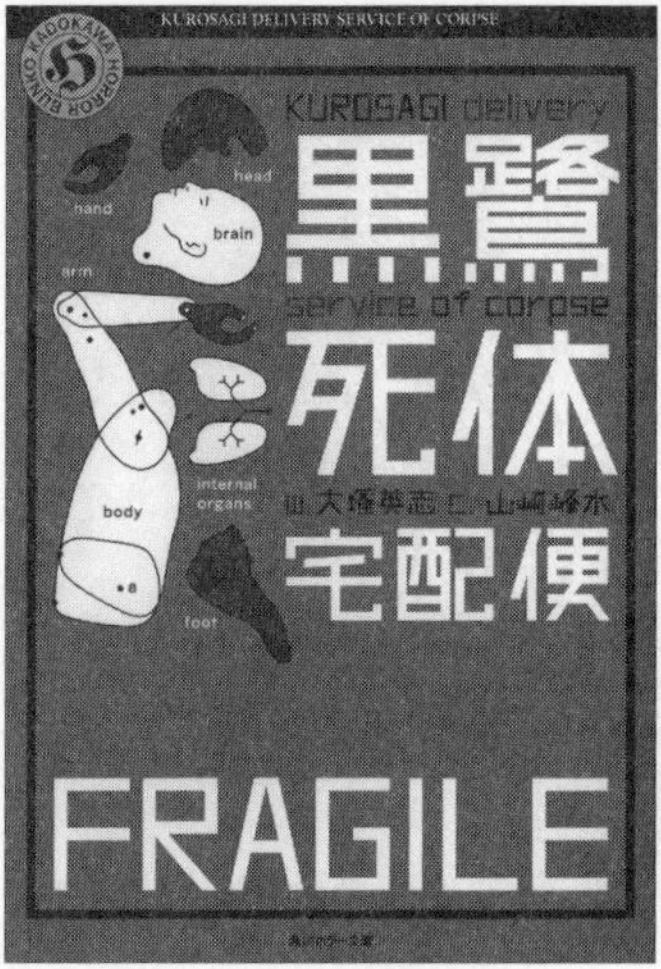

黒鷺死体宅配便

原作 大塚英志
漫画 山崎峰水

お届け物は死体です。

死体の声を聞くイタコ、死体を探すダウジング、死体修復のエンバーミング、情報収集のハッキング、宇宙人と交信するチャネリング。それぞれ特技をもった仏教大学の学生５人が作ったのは、望まぬ形で死を迎えた依頼人の声を聞き、望み通りに埋葬する会社「黒鷺死体宅配便」。死体となった依頼人をどこにでも宅配します。
謎のルーツを明治に追う「松岡國男妖怪退治」収録！

ISBN 978-4-04-419121-4

ネクロダイバー

潜死能力者

牧野 修

ソレは死に潜り、記録を消去する

物部聖が目覚めると、そこは出口のない手術室だった。そこで出会ったひとりの男に、聖はネクロダイバーの存在を教えられる。人の死に潜り、暴走した人の想いを消去する唯一無二の存在。聖はネクロダイバーとして、次々と理不尽な死と対面し、苦悩しながらも死の記録を消し去っていく。しかしそれを阻止する存在、“死神”たちが聖の前に現れるのだった。「文庫読み放題」ほか携帯サイトに掲載された人気作品待望の文庫化！

角川ホラー文庫

ISBN 978-4-04-352210-1